ゆまに書房　書誌書目シリーズ⑧

板元別
年代順

黄表紙絵題簽集

編纂　浜田義一郎

目次

はじめに……一
鱗形屋……一
鶴屋……二一
蔦屋……九三
西村……一五一
伊勢治……二〇五
榎本……二四七
岩戸屋……二八一
泉市……三一三
村田……三四五
西宮……三七九
奥村……四〇七
松村……四二九
その他……四五三

山口屋……四五五
秩父屋……四六六
大和田……四七三
丸小……四七七
宝屋……四八二
伊勢幸……四八四
よし屋……四八七
ふじ白屋……四八九
岸田屋……四九〇
玉屋……四九一
附録 板元別 年度別 黄表紙出板一覧表……四九二
書名索引

はじめに

黄表紙は草双紙絵本の従来の慣習にしたがって、本文に刊記を付することをしない。草双子は題名と板元の商標そして内容を想像させるべき絵を摺ったいわゆる絵題簽を表紙に貼る赤本以来の形に、やや年齢層の高い青本の時期になって出版の年の十二支の文字や画を入れることが始まった。新版という意識が生じたのを示すのであるが、あまりあからさまでは後に売りにくいという配慮もあって、子年は大黒の縁で俵、丑は牛肉の異称の牡丹、また巳年は江の島弁財天の連想から貝で示すというような謎めいた暗喩も用いられた。いずれにせよ、板元がそれぞれその年の新春新版のデザインを統一するようになり、絵題簽を見ればどの板元の何年の新版かを判別できる形が出来たのである。（ただし干支ではないので、推定に十二年の誤差が生じることが往々ある。）

絵題簽は黄表紙の時期に入ると、さらに役割が増すことになる。すなわち浮世絵の技法が進んで錦絵が創始された影響によって、安永元年に三色摺が試みられたが、同四年のいせ治は四色摺をはじめてその華麗さは目をみはらせ、各板元が翌年は一斉に追随して四色摺となった。そして絵題簽の絵そのものの魅力によって読者に鮮烈な印象を与えようとする傾向を生じ、時あたかも鳥居清長・喜多川歌麿・北尾政美・葛飾北斎・歌川豊国らの登場とかさなったから、絢爛たる黄表紙時代を現出することになる。

絵題簽は研究者にとっては出版年の証拠であり存在の証明であるが、板元を知るための貴重な手がかりでもある。作者画師合作の黄表紙だけに製作者である板元のあり方が重要であって、無視できないのである。そしてたとえば板元の盛衰が知れるのは当然ながら、鱗形屋などは分派や残党が再三復活を試ていること、また早く明和三年と五年にも分派らしい動きがあること、蔦重が初め二年は二枚題簽に商号を入れない、これは組合の規約のためであり、『見立蓬萊』の口上などによると蔦喜を仮の名義人にしているらしいというような実態が知られるのである。また清長は早くから画師として参加したけれども、奥村・西村・松村など旧式な板元との縁が深いため通笑・可笑の作が多く、新文芸との接触がなくて蔦重からは一作も出していないこと、反対に歌麿は西村から起用されたが志水燕十などと結んで蔦重に近付き、機敏に新文芸の流れに乗ったというような事情もうかがわれるのである。

このような意味での絵題簽の重要さにもちろん古人も気付いていて、剝落を防ぐために改装するとか貼込帳を作るとかの努力がなされたが、量の点では充分というわけにいかなかった。幸いに筆者は日比谷図書館の戦争中疎開してあった荷物が館に入って間もない時期に、古人のもたなかった進歩した写真機によって大量の絵題簽を撮影することが出来たのである。以来、他の図書館や文庫によって補足し、二三の考察を書き、年代別の題簽一覧を小学館・日本古典文学全集46に収めなどした後は久しく放置してあった。それをこの度ゆまに書房の尽力によって出版するに当り、袋入本や青本黒本の調査など為すべくして果たさなかったことが多く、不備欠陥をあらためて痛感するのだが、これを素材として或いは礎石として研究が進められることを念願して、あえて公刊することとしたのである。

終りにこの研究に好意と支援をくださった都立図書館・東洋文庫・松浦史料博物館等の方々にあつく御礼を申し上げたい。

凡例

一、本集は安永四(一七七五)年から文化三(一八〇六)年にいたる三十二年間に出板された黄表紙の絵外題を板元別・年代順に配列したものである。

一、原則として一作品を一段に収録し、右より上中下巻の順に配列した。

一、但し、原本が二冊本のものについては、✤をもって二冊本であることを示した。

一、また、二冊以上重ねて撮影したものや五冊本等原則にそぐわないものについては、巻を示す罫を適宜除いた。

一、今回収録できなかった巻については、その欄を空白にした。

一、絵外題の大小については、撮影時が多年にわたっており、撮影状況が一定してないため、不本意であるが今回は統一することができなかった。

一、年号の表示は、その年度の始まりの頁の上部右端に示した。

一、なお、読者の参考に供するため、若干の袋入本の袋、再摺本などの絵外題等をその板元の末尾に収録した。

一、また、読者の便宜を考慮し、巻末に「板元別 年度別 黄表紙出板一覧表」及び「書名索引」を附した。

鱗形屋

（孫兵衛、大伝馬町三丁目）

鱗形屋

〈下　巻〉　〈中　巻〉　〈上　巻〉

鱗形屋

〈上　巻〉　〈中　巻〉　〈下　巻〉

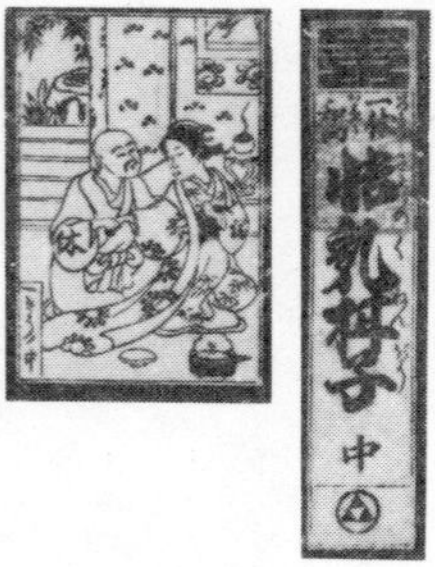

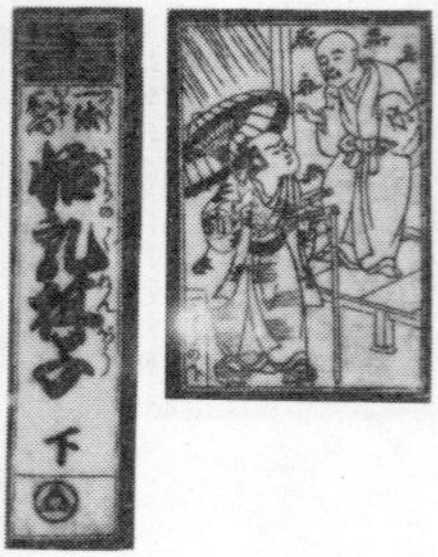

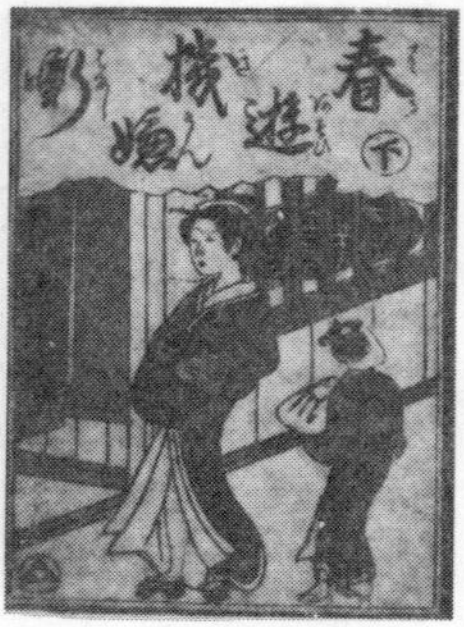

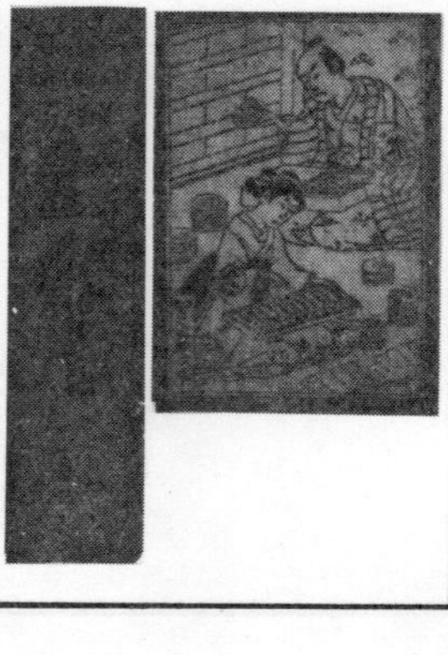

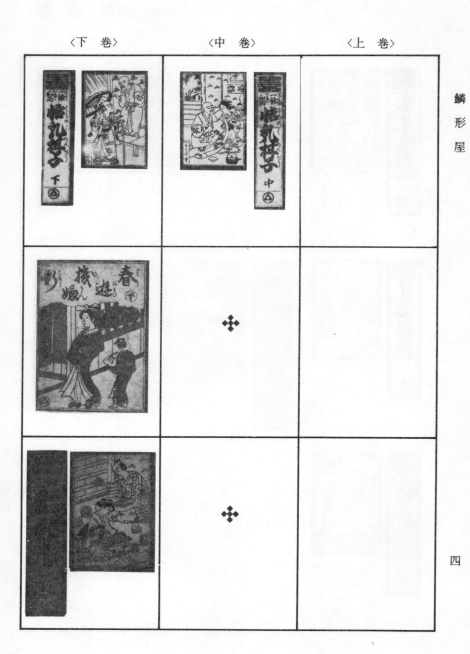

鱗形屋

〈下　巻〉　〈中　巻〉　〈上　巻〉

鱗形屋

〈上　巻〉　〈中　巻〉　〈下　巻〉

鱗形屋

〈下　巻〉　〈中　巻〉　〈上　巻〉

〈下　巻〉　〈中　巻〉　〈上　巻〉

〈下　巻〉　　〈中　巻〉　　〈上　巻〉

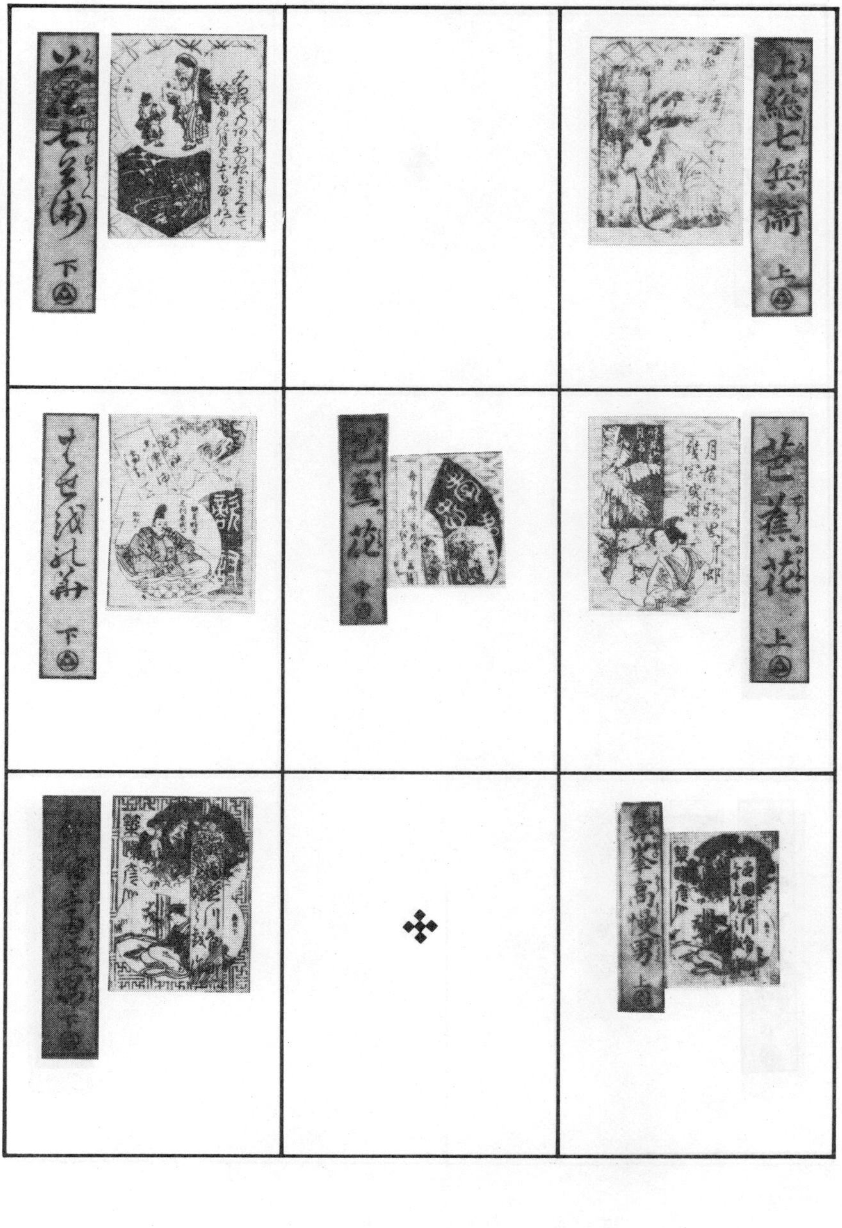

〈上　巻〉　〈中　巻〉　〈下　巻〉

鱗形屋

〈下　巻〉　〈中　巻〉　〈上　巻〉

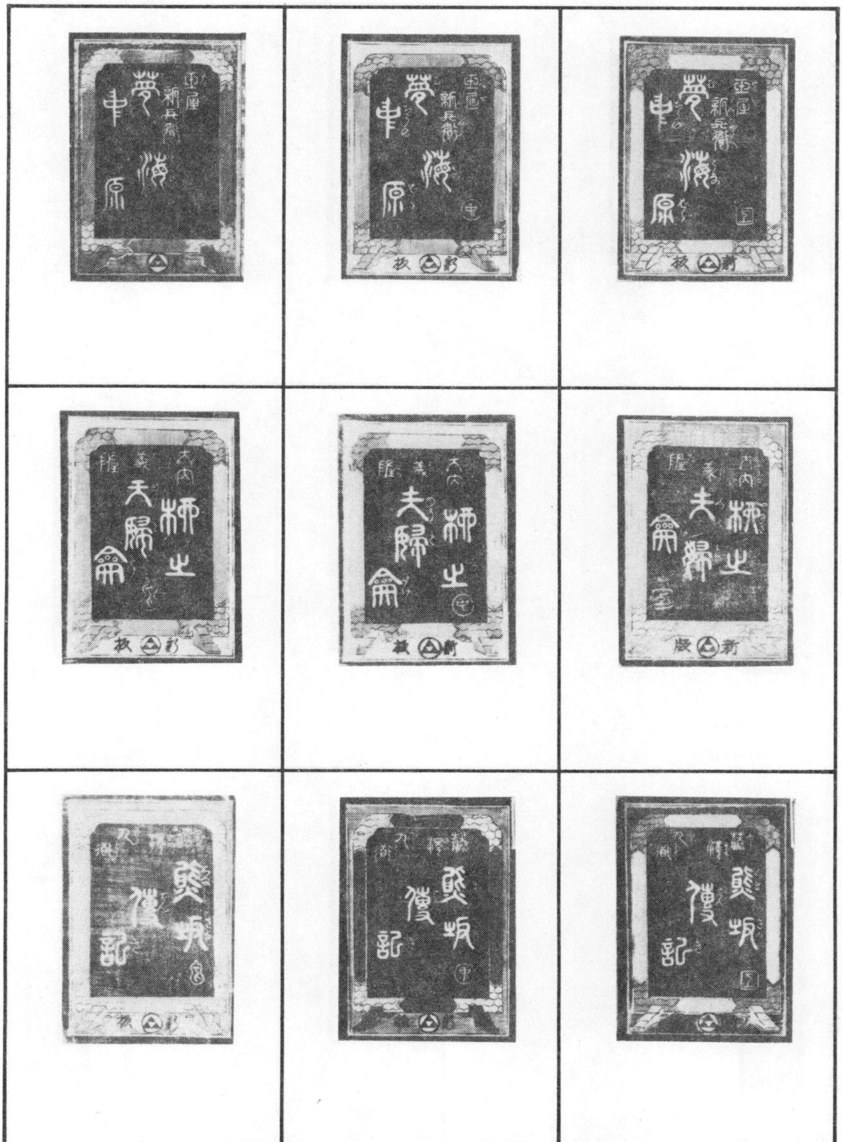

〈下巻〉	〈中巻〉	〈上巻〉	鱗形屋
寿福栄曽我	寿福栄曽我	寿福栄曽我	
	黄金ぶく福藏實記	黄金ぶく福藏實記	
	間狂言輪廻	間狂言輪廻	

鱗形屋

〈下　巻〉	〈中　巻〉	〈上　巻〉
	✤	
	✤	

〈上　巻〉

〈中　巻〉

〈下　巻〉

鱗形屋

〈下　巻〉	〈中　巻〉	〈上　巻〉

〈下　巻〉	〈中　巻〉	〈上　巻〉

鱗形屋

〈上　巻〉

〈中　巻〉

〈下　巻〉

〈下　巻〉	〈中　巻〉	〈上　巻〉

鱗形屋

〈下　巻〉　〈中　巻〉　〈上　巻〉

〈下　巻〉	〈中　巻〉	〈上　巻〉

鱗形屋

鶴屋

（喜右衛門、通油町。仙鶴堂）

鶴屋

〈上　巻〉　〈中　巻〉　〈下　巻〉

鶴屋

〈下　巻〉	〈中　巻〉	〈上　巻〉
	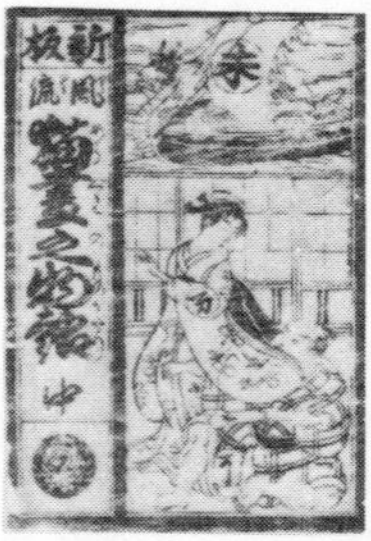	
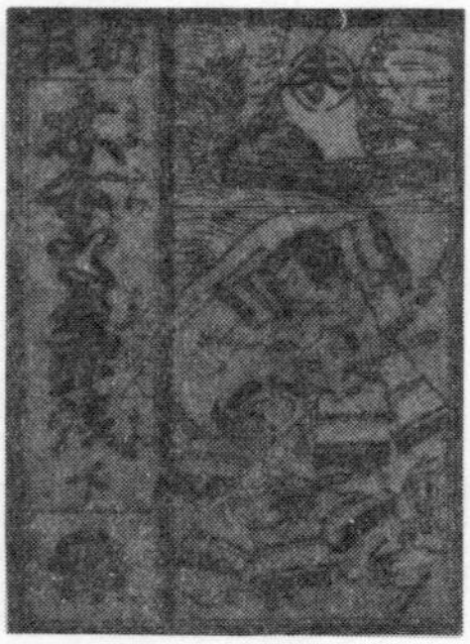		

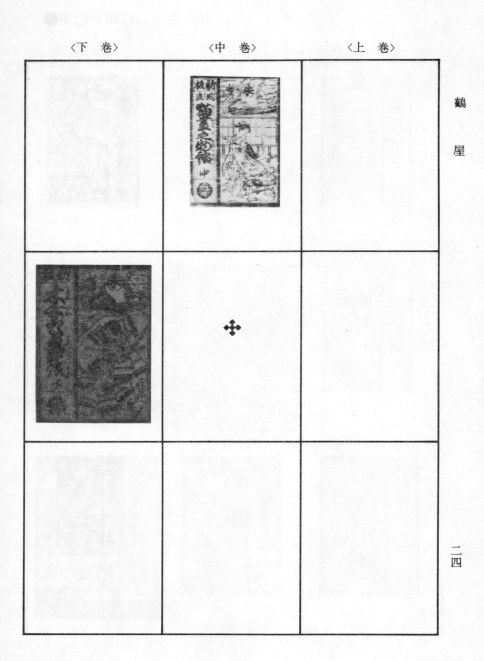

鶴屋

〈下　巻〉	〈中　巻〉	〈上　巻〉
	✣	

	✣	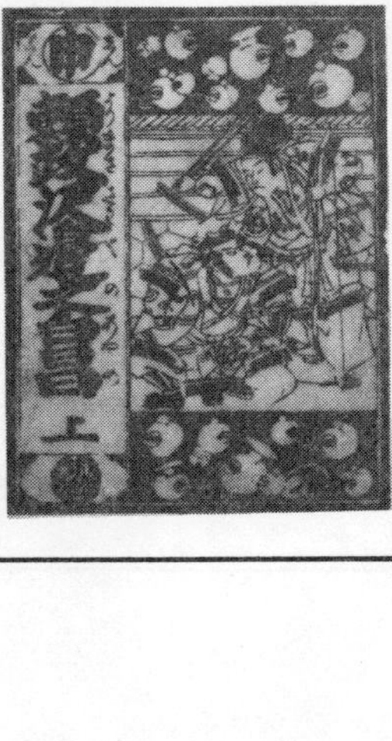

鶴屋

〈上 巻〉

〈中 巻〉

〈下 巻〉

鶴屋

〈下　巻〉	〈中　巻〉	〈上　巻〉

鶴屋

〈上　巻〉

〈中　巻〉

〈下　巻〉

鶴屋

〈下　巻〉	〈中　巻〉	〈上　巻〉
	✣	
	✣	

〈下　巻〉　〈中　巻〉　〈上　巻〉

鶴屋

鶴屋

〈下　巻〉　〈中　巻〉　〈上　巻〉

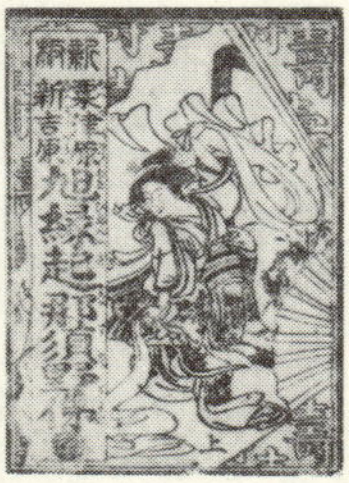

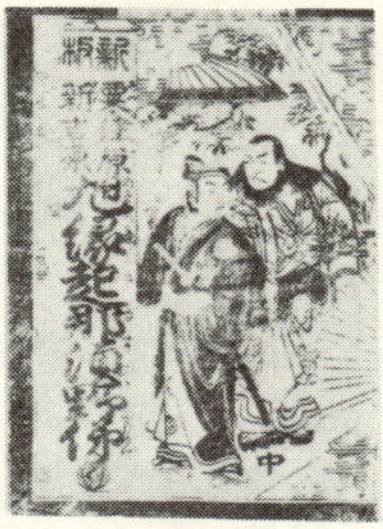

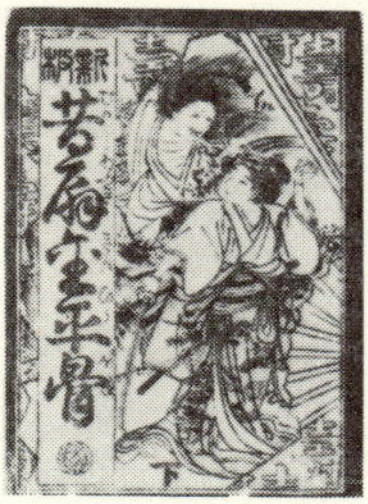

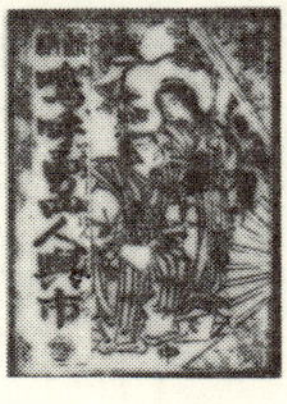

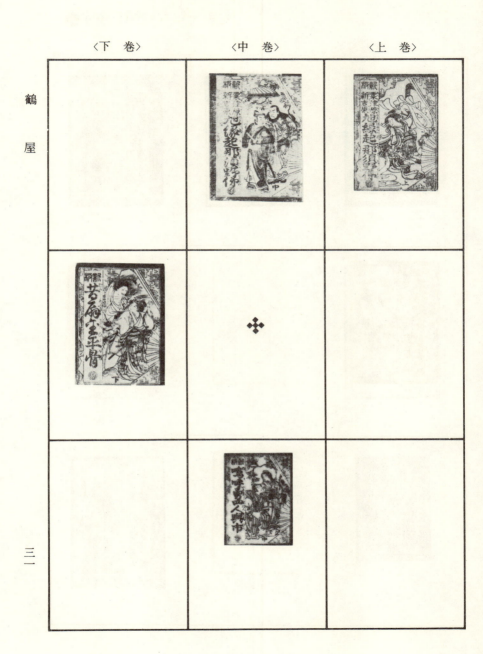

鶴屋

〈上　巻〉

〈中　巻〉

〈下　巻〉

鶴屋

〈下　巻〉	〈中　巻〉	〈上　巻〉

〈下　巻〉　〈中　巻〉　〈上　巻〉

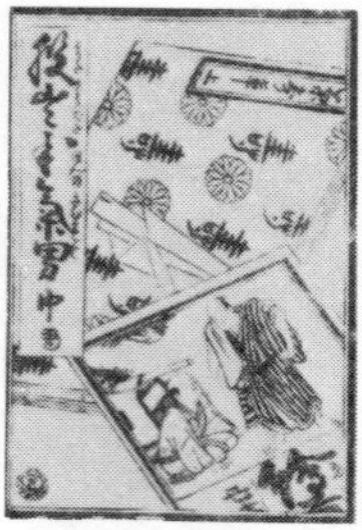

鶴屋

鶴屋

〈下　巻〉	〈中　巻〉	〈上　巻〉

鶴屋

〈上　巻〉　〈中　巻〉　〈下　巻〉

鶴屋

〈下　巻〉	〈中　巻〉	〈上　巻〉

〈下　巻〉	〈中　巻〉	〈上　巻〉
	✣	
	✣	
	✣	

鶴屋

〈下　巻〉	〈中　巻〉	〈上　巻〉

〈上　巻〉　〈中　巻〉　〈下　巻〉

鶴屋

〈下　巻〉	〈中　巻〉	〈上　巻〉

鶴屋

〈上　巻〉　〈中　巻〉　〈下　巻〉

鶴屋

〈下　巻〉　〈中　巻〉　〈上　巻〉

❖

鶴屋

〈下　巻〉	〈中　巻〉	〈上　巻〉
	✤	

	✤	

	〈下　巻〉	〈中　巻〉	〈上　巻〉
鶴屋	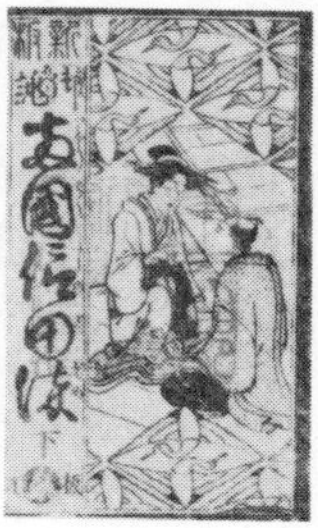	✣	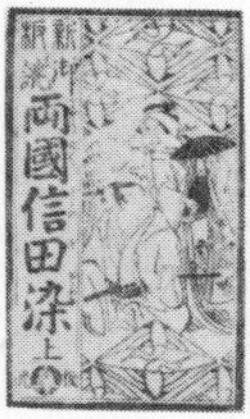
	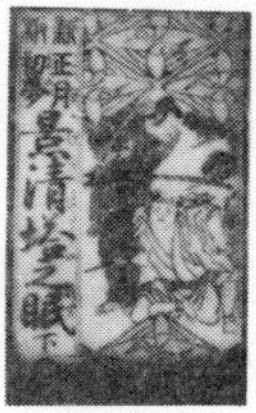		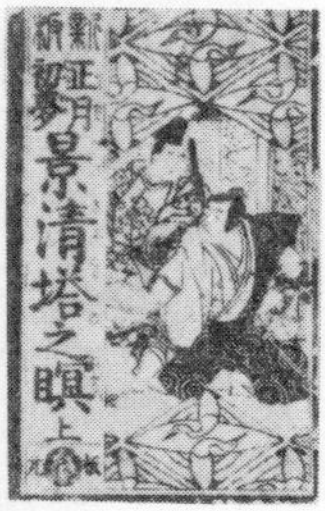
	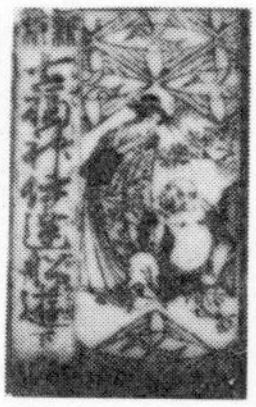	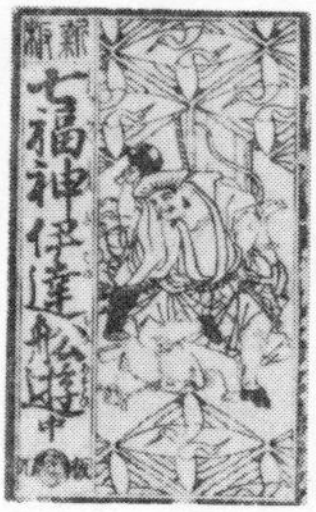	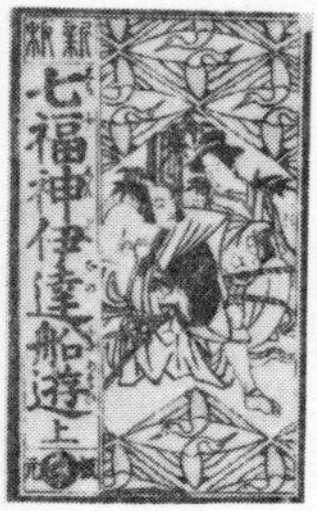

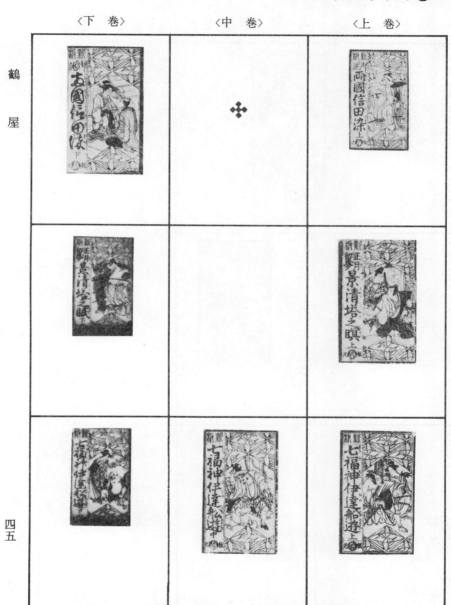

〈下　巻〉　〈中　巻〉　〈上　巻〉

鶴屋

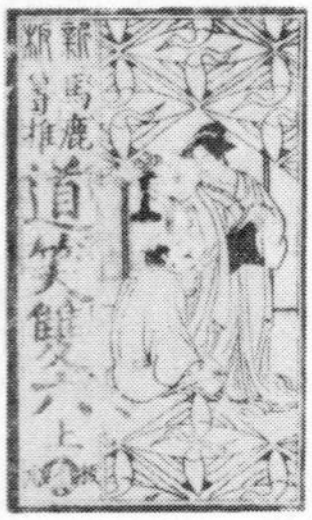

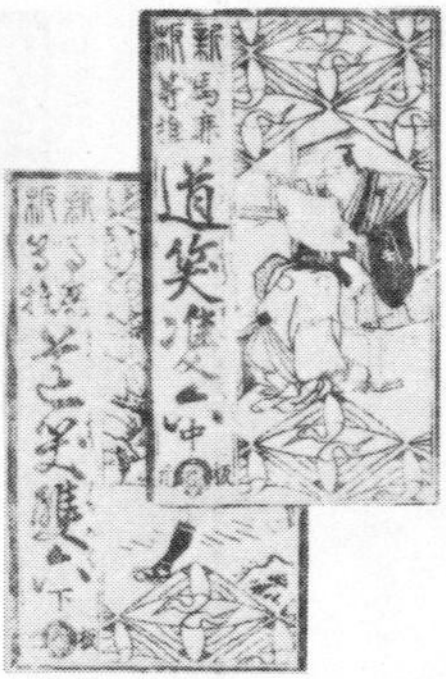

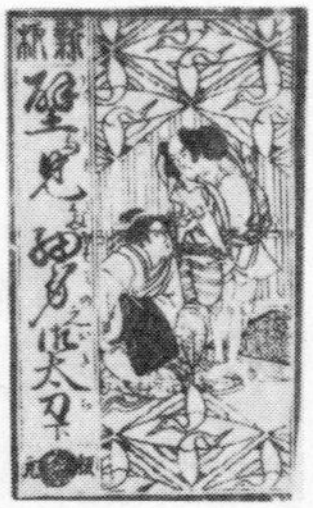

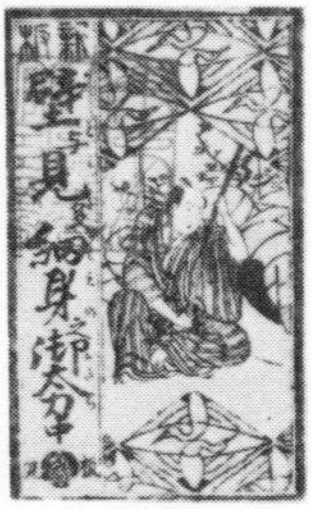

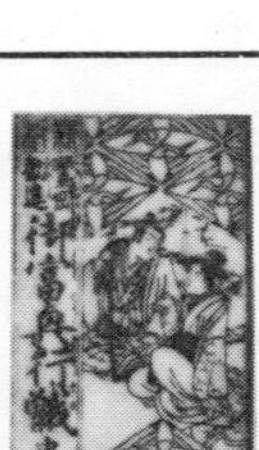

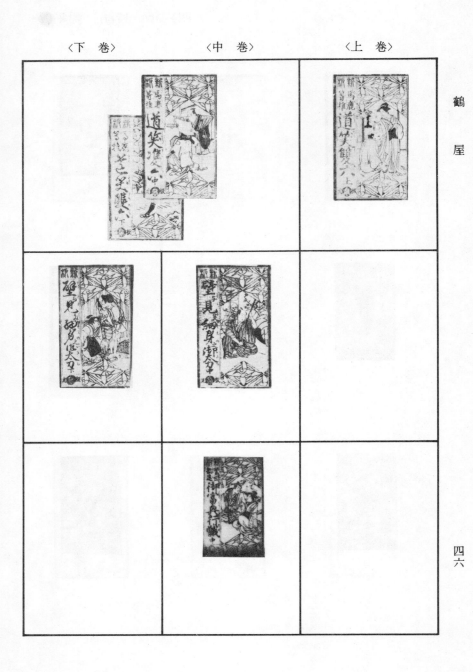

鶴屋

〈下　巻〉	〈中　巻〉	〈上　巻〉

	❖	

〈下　巻〉	〈中　巻〉	〈上　巻〉

鶴屋

〈下　巻〉　〈中　巻〉　〈上　巻〉

鶴屋

〈上　巻〉

〈中　巻〉

〈下　巻〉

鶴屋

〈下　巻〉　〈中　巻〉　〈上　巻〉

新版
早雲小金
軽業希術
艶哉女僊人
中

新版
早雲小金
軽業希術
艶哉女僊人
上

新版
親之敵現與夢也
中

新版
親之敵現與夢也
上

〈上　巻〉

〈中　巻〉

〈下　巻〉

鶴屋

〈下　巻〉	〈中　巻〉	〈上　巻〉

鶴屋

〈上　巻〉

〈中　巻〉

〈下　巻〉

鶴屋

〈下　巻〉　〈中　巻〉　〈上　巻〉

辛亥春新版
八百万両金神花
作者 京傳
板元 通油町 つるや
三冊物
下

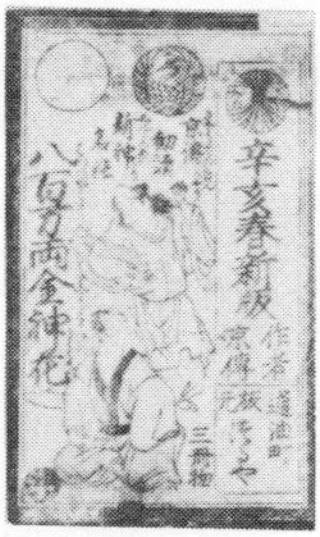
辛亥春新版
八百万両金神花
作者 京傳
板元 通油町 つるや
三冊物

辛亥春新版
八百万両金神花
作者 京傳
板元 通油町 つるや
三冊物
上

辛亥春新版
九界十年色地獄
作者 京傳
板元 通油町 つるや
三冊物
下

辛亥春新版
九界十年色地獄
作者 京傳
板元 通油町 つるや
三冊物
中

辛亥春新版
九界十年色地獄
作者 京傳

辛亥春新版
作者 全交
板元 通油町 つるや
三冊物
中

辛亥春新版
作者 全交
板元 通油町 つるや
三冊物
上

鶴屋

〈上　巻〉

〈中　巻〉

〈下　巻〉

鶴屋

〈下　巻〉	〈中　巻〉	〈上　巻〉

〈下　巻〉　〈中　巻〉　〈上　巻〉

鶴屋

鶴屋

〈上　巻〉

〈中　巻〉

〈下　巻〉

〈上　巻〉

〈中　巻〉

〈下　巻〉

鶴屋

〈上　巻〉　〈中　巻〉　〈下　巻〉

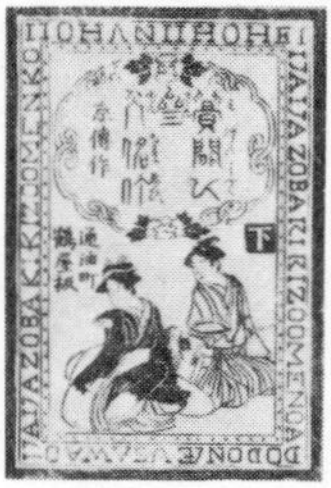

鶴屋

〈下　巻〉　〈中　巻〉　〈上　巻〉

鶴屋

〈下　巻〉	〈中　巻〉	〈上　巻〉
	❖	

	❖	

鶴屋

〈上　巻〉　〈中　巻〉　〈下　巻〉

〈下　巻〉	〈中　巻〉	〈上　巻〉

鶴屋

鶴屋

〈下　巻〉　〈中　巻〉　〈上　巻〉

丁巳新鐫稗説
庭荘子珍物
茶話 上
馬琴子述作
通油町 鶴屋版

丁巳新鐫稗説
庭荘子珍物
茶話 下
馬琴子述作
通油町 鶴屋版

丁巳新鐫稗説
大黒搖黄金
柱礎 上
馬琴子述作
通油町 鶴屋版

丁巳新鐫稗説
大黒搖黄金
柱礎 下
馬琴子述作
通油町 鶴屋版

正月故事談
中
京傳作
通油町 鶴屋版

正月故事談
下
京傳作
通油町 鶴屋版

鶴屋

〈上　巻〉

三歳圖會
稚講釋
京傳作
上

丁巳新鐫稗説
押繪鳥癡漢
高名上
馬琴子述作
通油町
鶴屋版

〈中　巻〉

丁巳新鐫稗説
加古川本藏
綱目中
馬琴子述作
通油町
鶴屋版

〈下　巻〉

三歳圖會
稚講釋
京傳作
下

丁巳新鐫稗説
加古川本藏
綱目下
馬琴子述作
通油町
鶴屋版

〈下巻〉	〈中巻〉	〈上巻〉

鶴屋

〈上　巻〉

上
通油町
鶴屋板

京傳子作
兒訓影繪喩
上
通油町
板元鶴屋

京傳子作
百化帖準擬本草
上
通油町
板元鶴屋

〈中　巻〉

中
通油町
鶴屋板

京傳子作
兒訓影繪喩
中
通油町
板元鶴屋

〈下　巻〉

下
通油町
鶴屋板

京傳子作
兒訓影繪喩
下
通油町
板元鶴屋

京傳子作
百化帖準擬本草
下
通油町
板元鶴屋

〈下　巻〉　〈中　巻〉　〈上　巻〉

石燕門人画
画本賛獣録
下
通油町
鶴屋板

石燕門人画
画本賛獣録
上
通油町
鶴屋板

京傳子作
笔津蟲音禽
下
通油町
板元鶴屋

京傳子作
笔津蟲音禽
上
通油町
板元鶴屋

鶴屋

鶴屋

〈下　巻〉	〈中　巻〉	〈上　巻〉
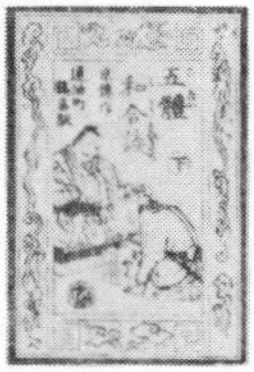	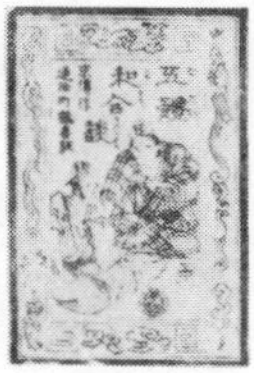	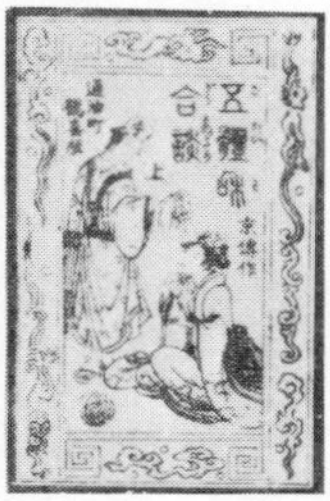
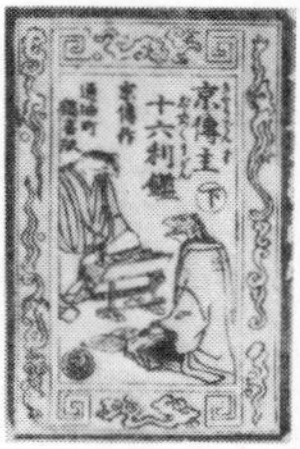	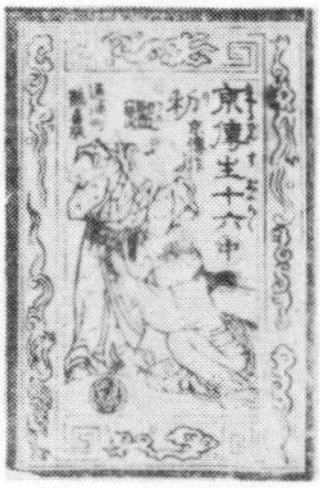	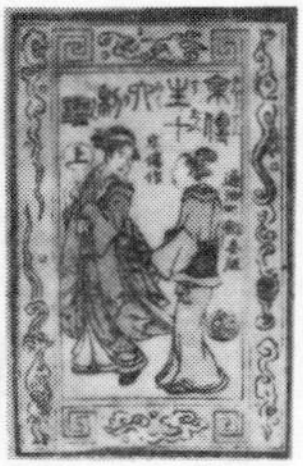
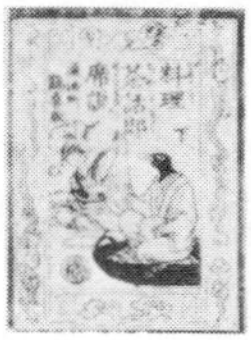	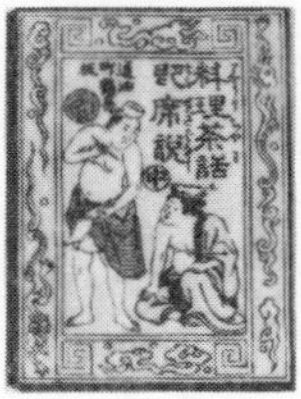	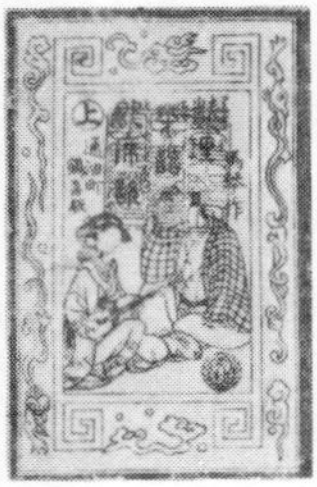

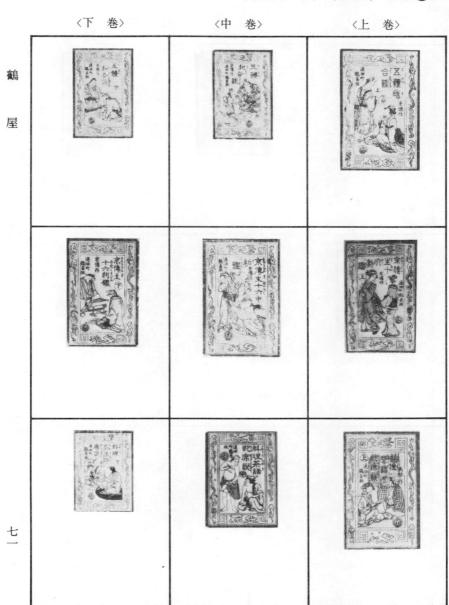

鶴屋

〈下　巻〉　〈中　巻〉　〈上　巻〉

鶴屋

〈下　巻〉	〈中　巻〉	〈上　巻〉

鶴屋

〈下　巻〉	〈中　巻〉	〈上　巻〉

鶴屋

〈下　巻〉	〈中　巻〉	〈上　巻〉

鶴屋

〈下　巻〉	〈中　巻〉	〈上　巻〉

鶴屋

〈下　巻〉	〈中　巻〉	〈上　巻〉

〈下　巻〉	〈中　巻〉	〈上　巻〉

鶴屋

鶴屋

〈下　巻〉	〈中　巻〉	〈上　巻〉

〈下　巻〉	〈中　巻〉	〈上　巻〉
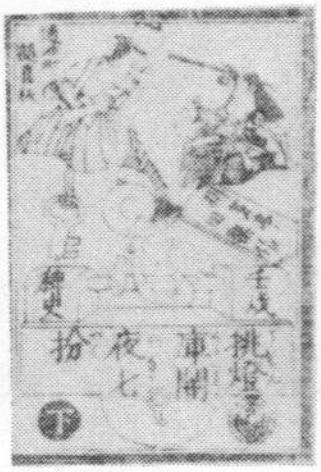		

鶴屋

〈上　巻〉	〈中　巻〉	〈下　巻〉

〈下　巻〉　〈中　巻〉　〈上　巻〉

京傳戯作
享和癸亥發行
鑿橋上通油街
仙鶴堂梓行

京傳戯作
享和癸亥發行
鑿橋上通油街
仙鶴堂梓行

京傳戯作
享和癸亥發行
鑿橋上通油街
仙鶴堂梓行

馬琴戯作
享和癸亥發行
鑿橋上通油街
仙鶴堂梓行

馬琴戯作
享和癸亥發行
鑿橋上通油街
仙鶴堂梓行

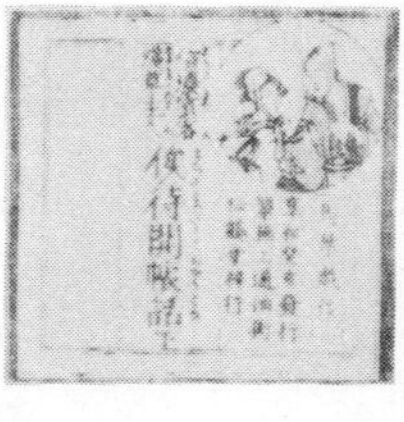

鶴屋

鶴屋

〈下　巻〉	〈中　巻〉	〈上　巻〉
人間萬事吹矢的 下 京傳戲作 享和癸亥發行 仙鶴堂梓行	人間萬事吹矢的 中 京傳戲作	人間萬事吹矢的 上 京傳戲作 享和癸亥發行 仙鶴堂梓行
人間一代悟衢迷所獨案内 下 京傳戲作 享和癸亥發行 仙鶴堂梓行	人間一代悟衢迷所獨案内 中 京傳戲作 享和癸亥發行 仙鶴堂梓行	

鶴屋

〈上　巻〉　〈中　巻〉　〈下　巻〉

鶴屋

〈下　巻〉	〈中　巻〉	〈上　巻〉
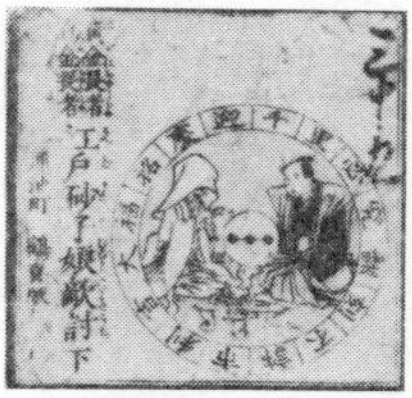	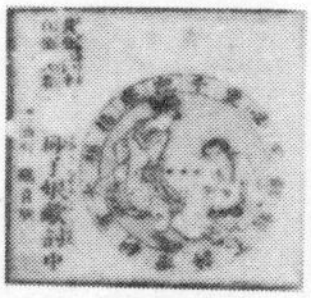	
		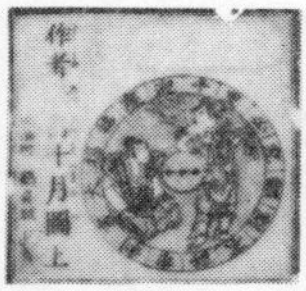

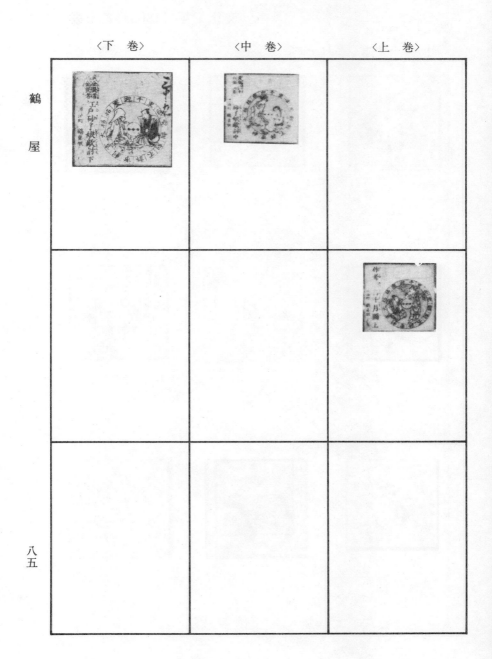

〈下　巻〉　〈中　巻〉　〈上　巻〉

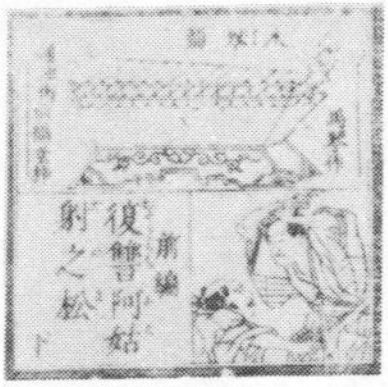
馬琴作
前編
復讐阿姑
射之松
下

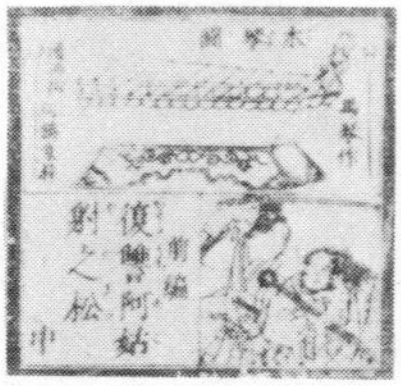
馬琴作
前編
復讐阿姑
射之松
中

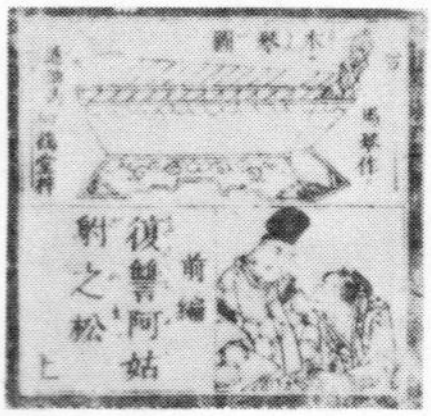
馬琴作
前編
復讐阿姑
射之松
上

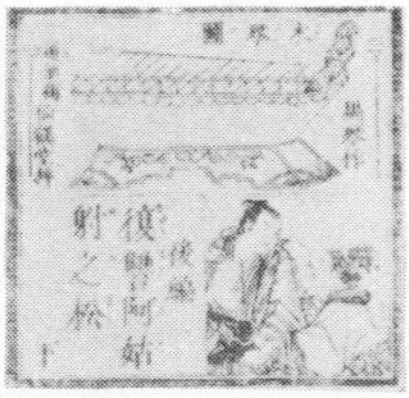
後編
復讐阿姑
射之松
下

馬琴作
後編
復讐阿姑
射之松
上

馬琴作
全部三冊
猫奴牝忠
義合奏
中

馬琴作
全部三冊
猫奴牝忠
義合奏
上

鶴屋

鶴屋

〈下　巻〉	〈中　巻〉	〈上　巻〉
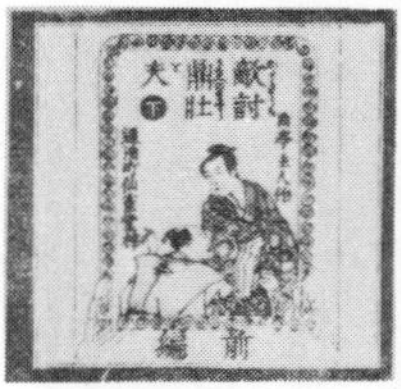	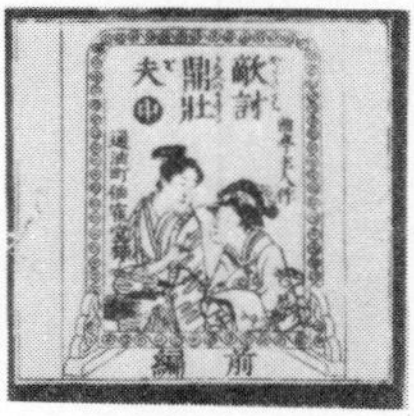	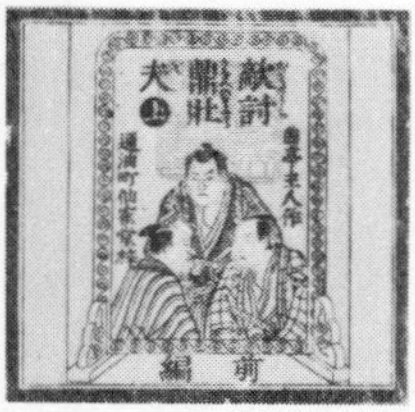
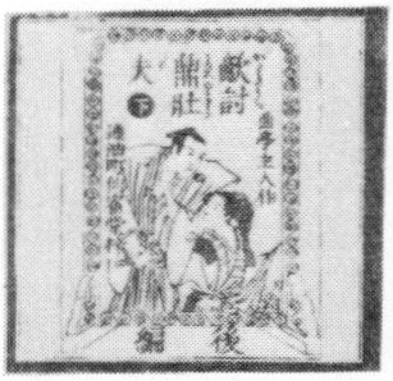		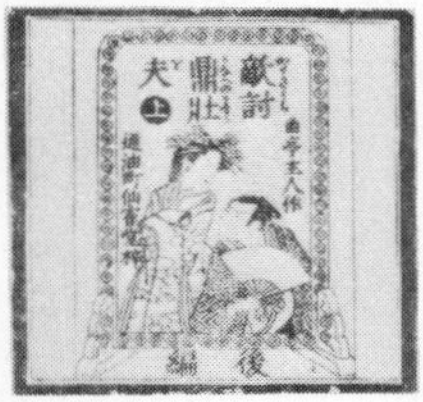
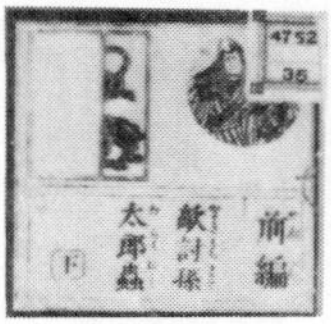	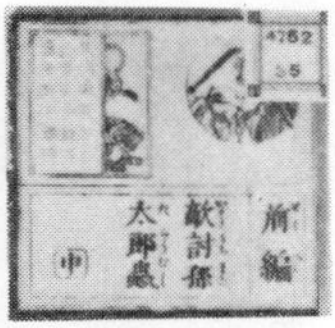	

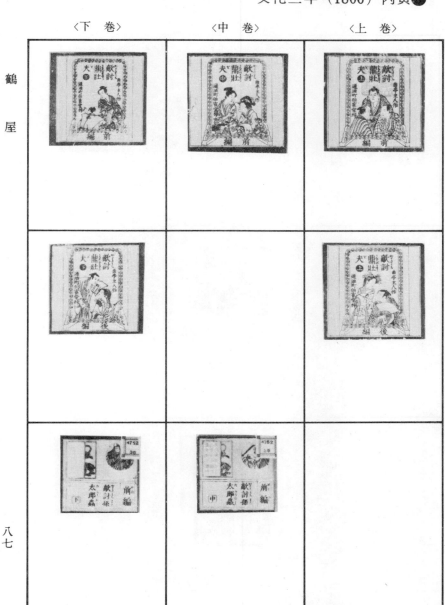

〈下　巻〉　〈中　巻〉　〈上　巻〉

後編
敵討孫太郎蟲
下

後編
敵討孫太郎蟲
上

前編
武者修行木斎傳
下

前編
武者修行木斎傳
中

後編
武者修行木斎傳
中

後編
武者修行木斎傳
上

鶴屋

鶴屋

〈下　巻〉	〈中　巻〉	〈上　巻〉

〈上　巻〉　〈中　巻〉　〈下　巻〉

（安永九年）

（天明元年）

（天明七年）

〈上　巻〉　〈中　巻〉　〈下　巻〉

（寛政五年）

（寛政五年）

（寛政九年）

〈上　巻〉　〈中　巻〉　〈下　巻〉

（享和元年）

（享和二年）

蔦屋

（重三郎、吉原大門前→通油町）

蔦屋

〈下　巻〉	〈中　巻〉	〈上　巻〉
		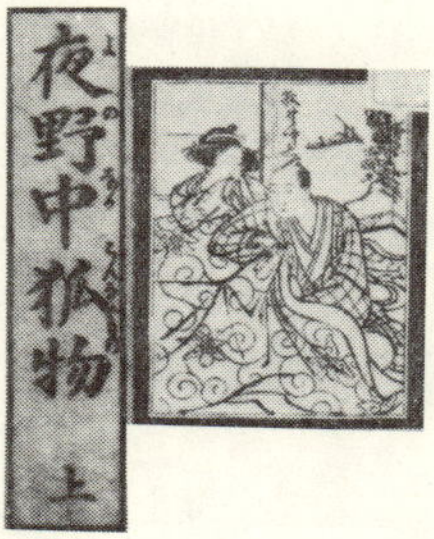

〈下　巻〉	〈中　巻〉	〈上　巻〉

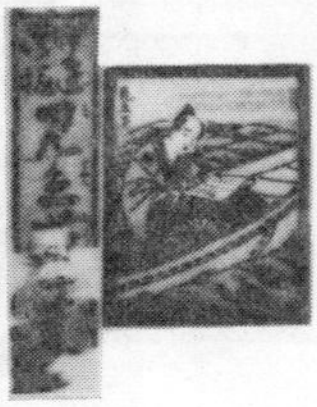		

蔦屋

蔦屋

〈上　巻〉　〈中　巻〉　〈下　巻〉

〈下　巻〉　〈中　巻〉　〈上　巻〉

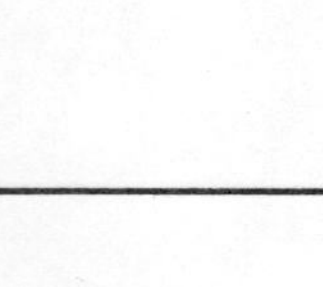

	〈下　巻〉	〈中　巻〉	〈上　巻〉
蔦屋			

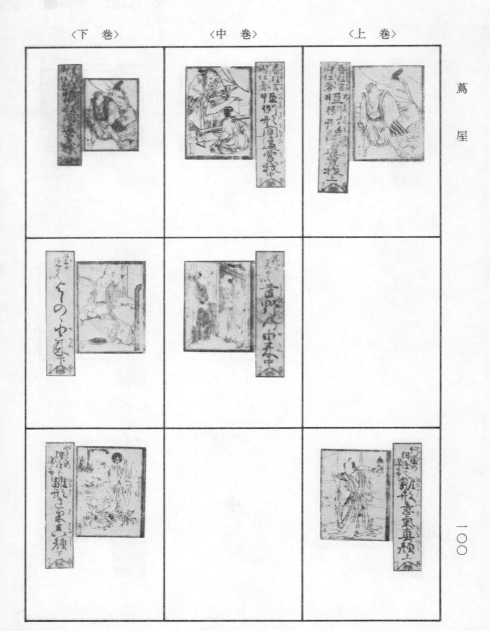

〈上 巻〉　〈中 巻〉　〈下 巻〉

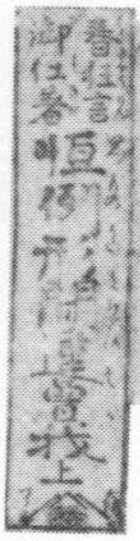

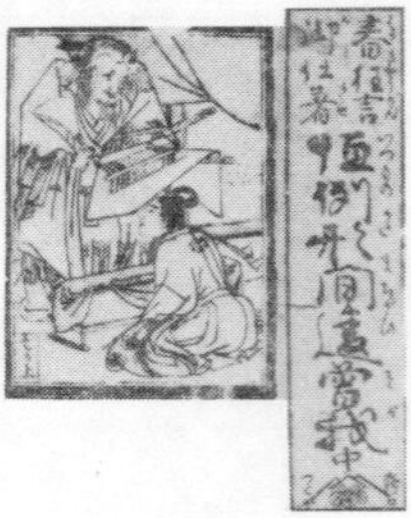

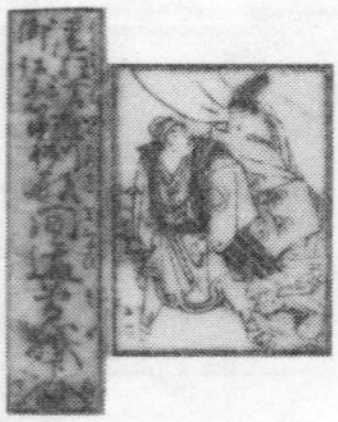

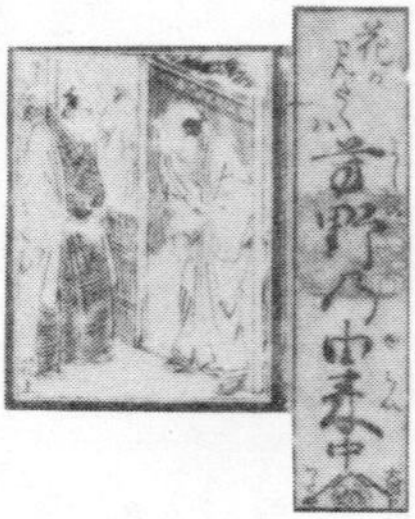

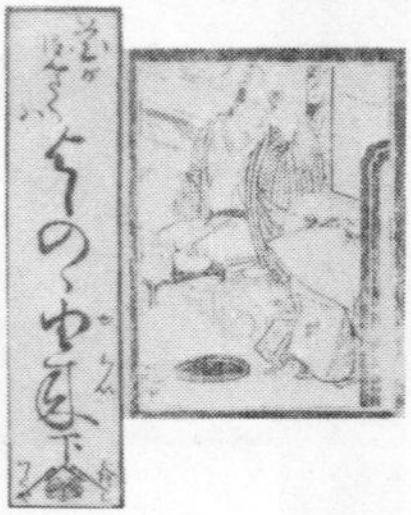

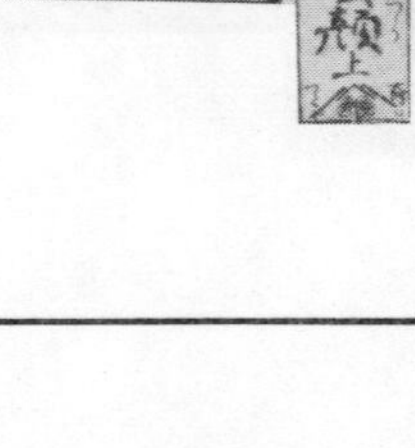

〈下　巻〉　〈中　巻〉　〈上　巻〉

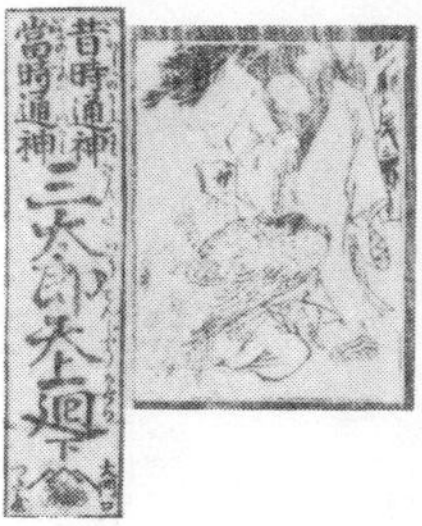

〈上　巻〉　〈中　巻〉　〈下　巻〉

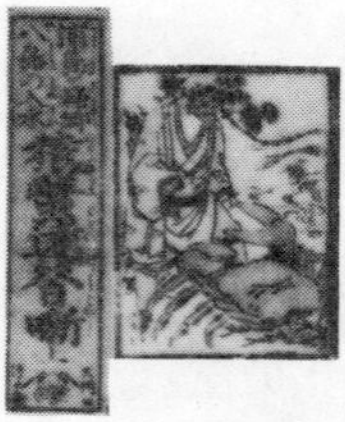

天明四年（1784）甲辰

〈下 巻〉　〈中 巻〉　〈上 巻〉

蔦屋

亀遊書双帋
二度ヶ瞻
大千世界墻乃外

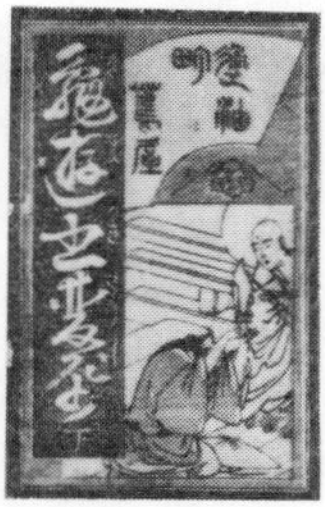

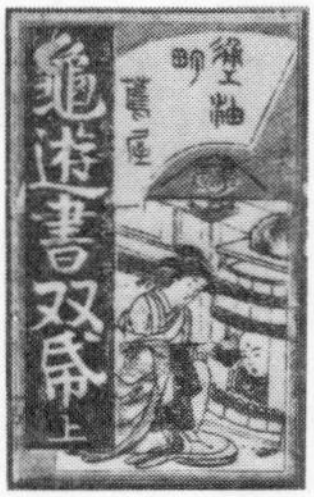

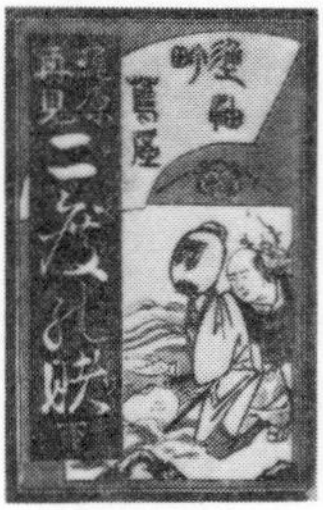

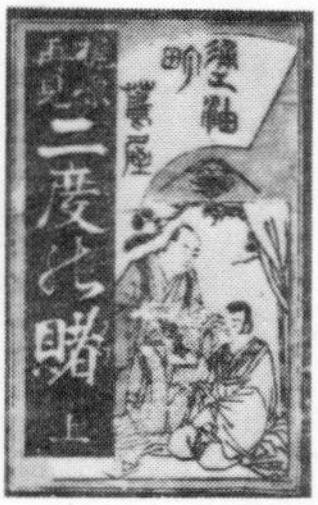

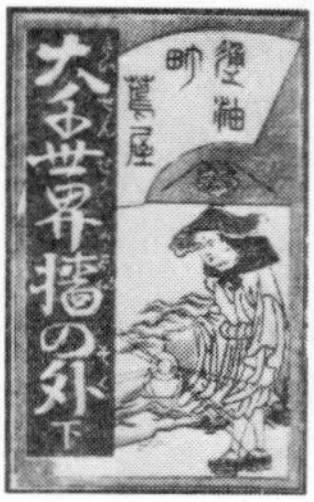

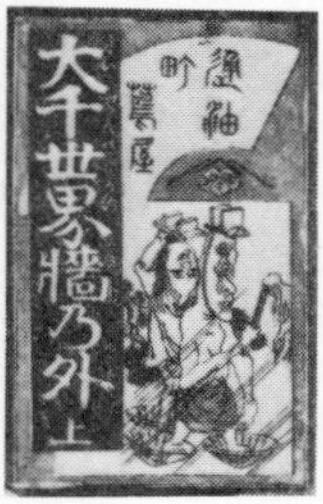

〈下　巻〉	〈中　巻〉	〈上　巻〉

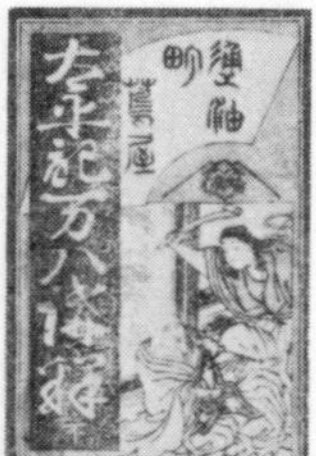	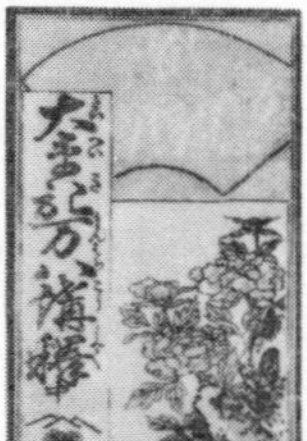	

蔦屋

〈下　巻〉	〈中　巻〉	〈上　巻〉

	❖	

〈下　巻〉	〈中　巻〉	〈上　巻〉

〈上　巻〉　〈中　巻〉　〈下　巻〉

蔦屋

〈下　巻〉	〈中　巻〉	〈上　巻〉
山東京傳作 江戸生 下 艶氣樺焼		山東京傳作 江戸生 上 艶氣樺焼 通油町
	長者の飯食中	長者の飯食上
	✥	

蔦屋

〈下　巻〉	〈中　巻〉	〈上　巻〉
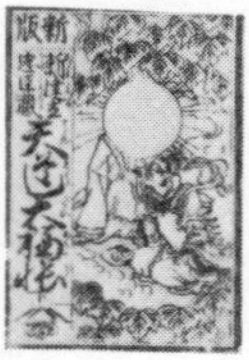	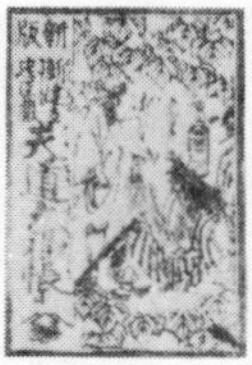	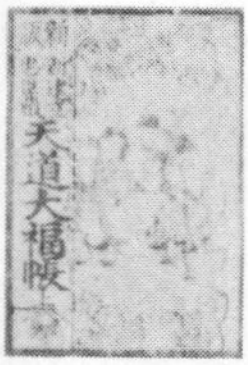
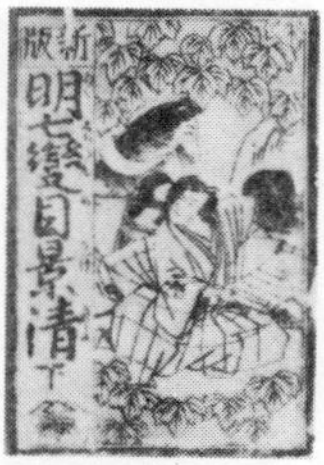	✤	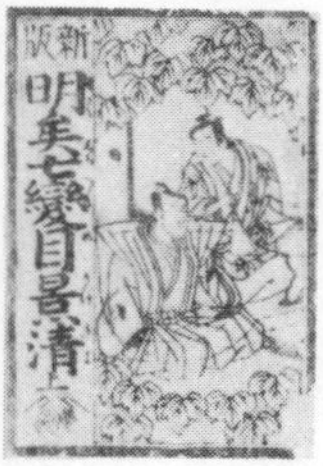
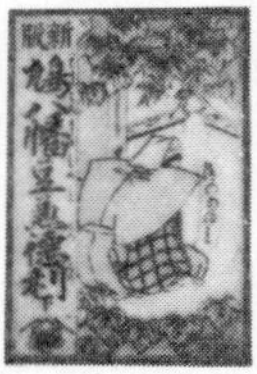	✤	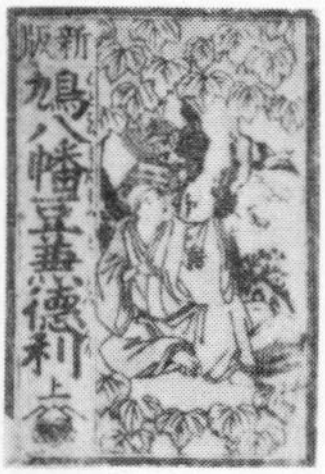

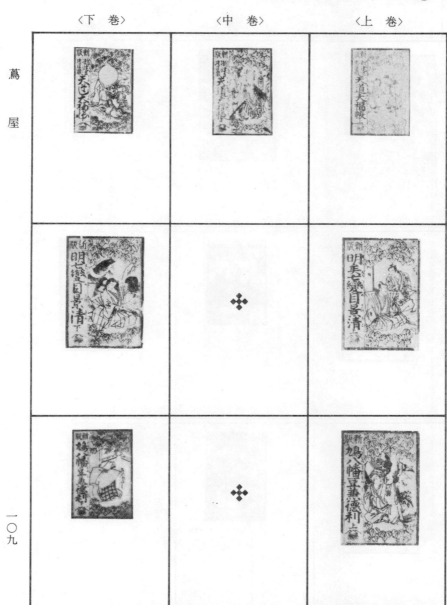

〈上 巻〉 〈中 巻〉 〈下 巻〉

蔦屋

〈下　巻〉　〈中　巻〉　〈上　巻〉

蔦屋

〈上　巻〉

〈中　巻〉

〈下　巻〉

蔦屋

〈下　巻〉	〈中　巻〉	〈上　巻〉

	❖	

〈下　巻〉　〈中　巻〉　〈上　巻〉

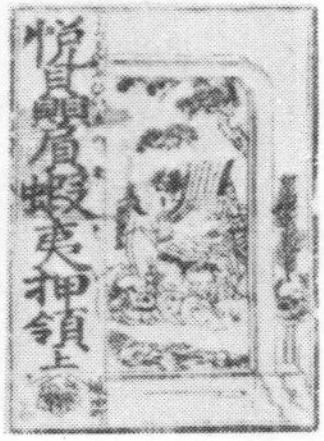

蔦屋

〈下　巻〉	〈中　巻〉	〈上　巻〉

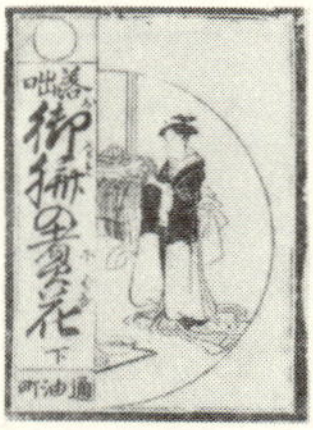	❖	

蔦屋

〈上　巻〉 〈中　巻〉 〈下　巻〉

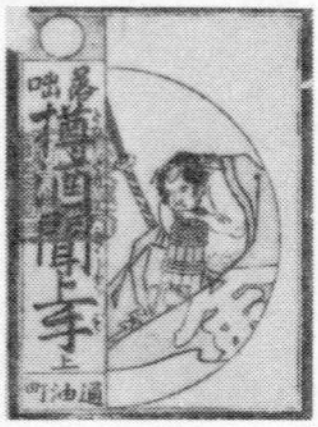

蔦屋

〈下　巻〉	〈中　巻〉	〈上　巻〉

〈下　巻〉　〈中　巻〉　〈上　巻〉

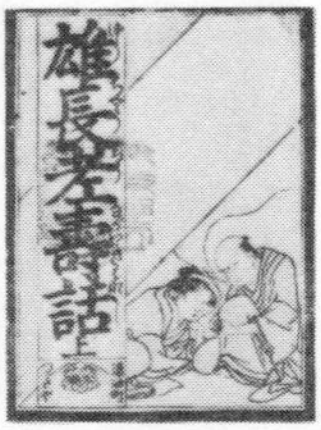

蔦屋

蔦屋

〈下　巻〉	〈中　巻〉	〈上　巻〉
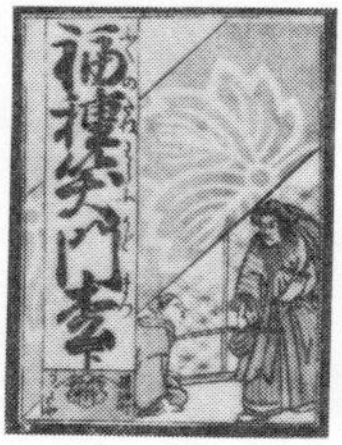	✤	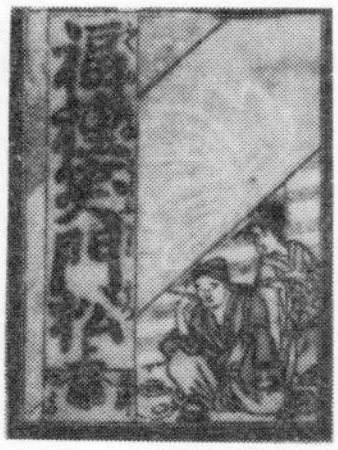
	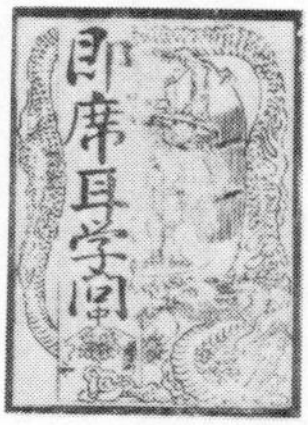	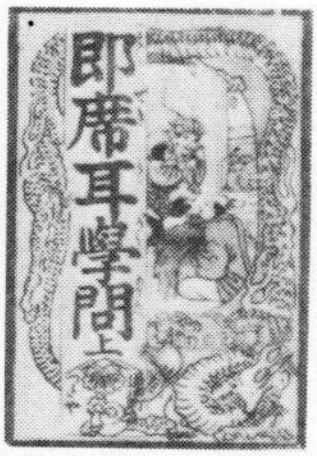
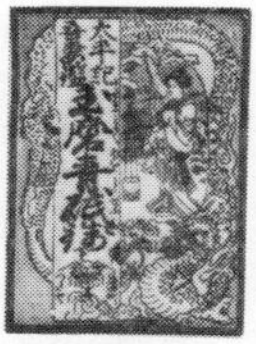	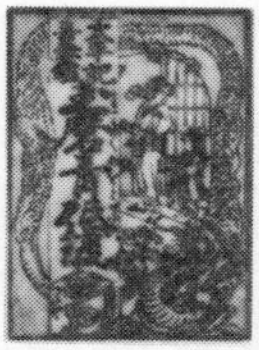	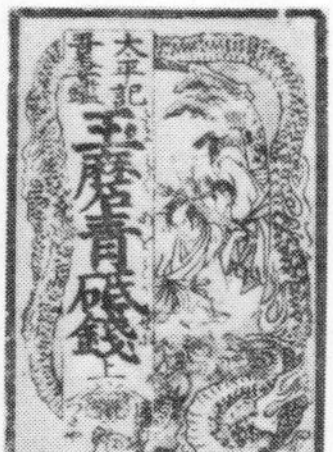

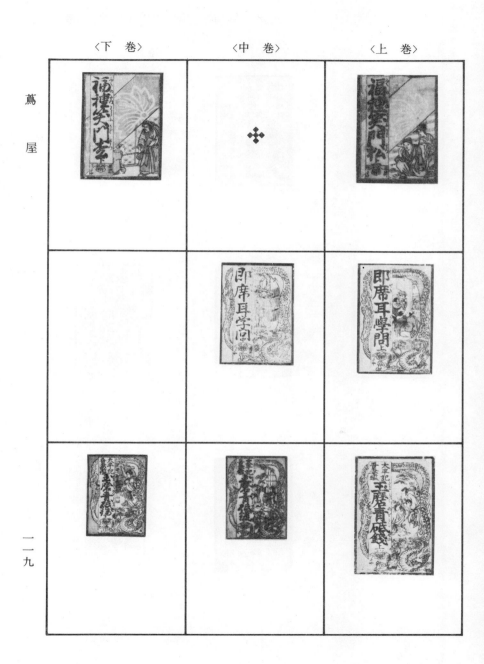

〈下　巻〉　〈中　巻〉　〈上　巻〉

亥春
新鐫
京傳戯作
通油町蔦屋板

亥春
新鐫
京傳戯作
通油町蔦屋板

亥春
新鐫
京傳戯作
通油町蔦屋板

亥春
新鐫
京傳戯作
通油町蔦屋板

亥春
新鐫
京傳戯作
通油町蔦屋板

蔦屋

蔦屋

〈上　巻〉

〈中　巻〉

〈下　巻〉

〈下　巻〉　〈中　巻〉　〈上　巻〉

作者 山東京傳
天剛垂楊柳
上

作者 山東京傳
中

下

作者 山東京傳
梁山一歩談
上

中

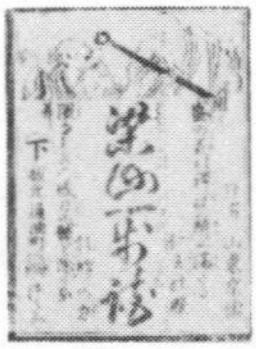
下

作者 山東京傳
實語教幼稚講釈
上

中

下

蔦屋

〈下 巻〉	〈中 巻〉	〈上 巻〉
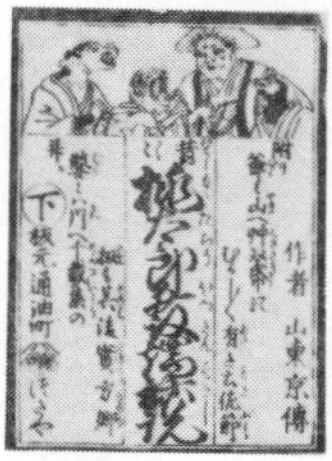		

蔦屋

〈下巻〉 〈中巻〉 〈上巻〉

蔦屋

〈下　巻〉　〈中　巻〉　〈上　巻〉

〈下 巻〉	〈中 巻〉	〈上 巻〉

蔦屋

〈下　巻〉　〈中　巻〉　〈上　巻〉

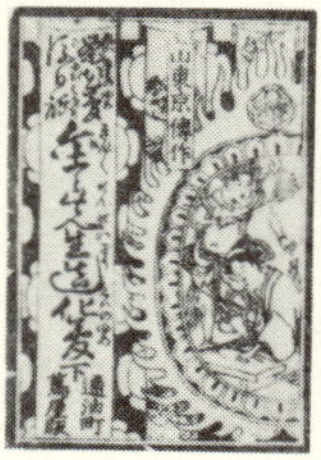

通油町
蔦屋版

山東京伝作
金々先生造化夢 上
通油町
蔦屋版

山東京伝作
忠臣蔵前世幕無 上
通油町
蔦屋版

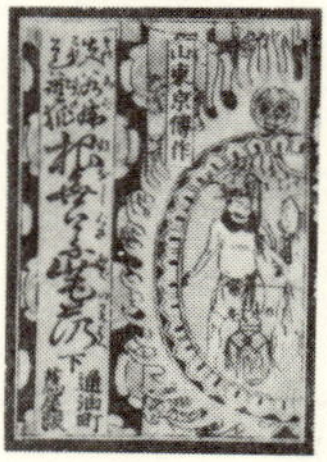
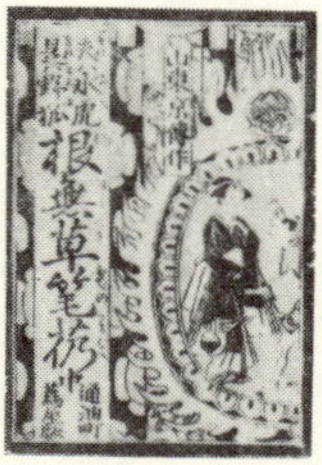

山東京伝作
根無草筆芿 上
通油町
蔦屋版

〈上　巻〉

〈中　巻〉

〈下　巻〉

蔦屋

〈下　巻〉	〈中　巻〉	〈上　巻〉

〈下　巻〉	〈中　巻〉	〈上　巻〉
	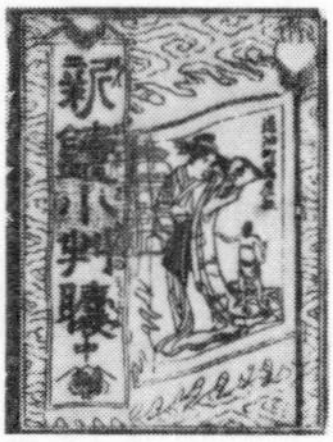	

蔦屋

〈下　巻〉	〈中　巻〉	〈上　巻〉

〈下　巻〉　〈中　巻〉　〈上　巻〉

新板
化物
年中行状記
下

新版
化物
年中行状記
上

新版
化物小遣帳
下

新版
化物小遣帳
上

諺下司話説
下

諺下司話説
中

諺下司話説
上

蔦屋

〈上　巻〉

龍宮苦界
玉手箱
上

北國順禮
唄方便
上

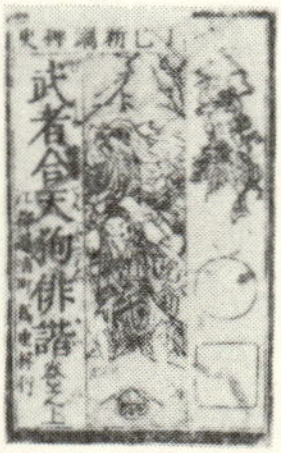
武者合天狗俳諧

〈中　巻〉

龍宮苦界
玉手箱
中

北國順禮
唄方便
中

〈下　巻〉

龍宮苦界
玉手箱
下

北國順禮
唄方便
下

丁巳新鐫稗史
武者合天狗俳諧

<table>
<tr><th>〈下　巻〉</th><th>〈中　巻〉</th><th>〈上　巻〉</th></tr>
<tr><td>
</td><td></td><td>
</td></tr>
<tr><td>
</td><td>
</td><td></td></tr>
<tr><td></td><td>
</td><td>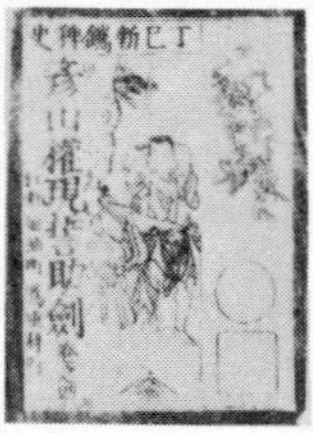
</td></tr>
</table>

蔦

屋

〈下　巻〉	〈中　巻〉	〈上　巻〉

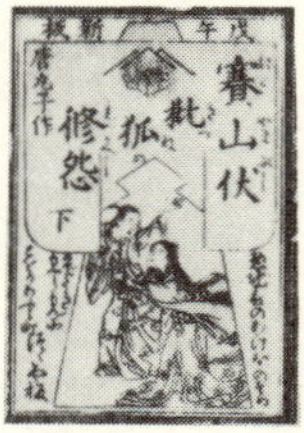		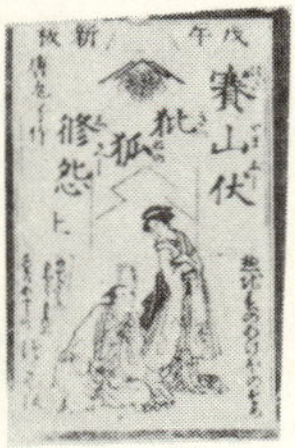

〈下　巻〉　〈中　巻〉　〈上　巻〉

	〈下 巻〉	〈中 巻〉	〈上 巻〉
蔦屋	家内手本用心蔵 下		家内手本用心蔵 上
	奥戸氏生薬 下		奥戸氏生薬 上
			大坂書籍業集団 上

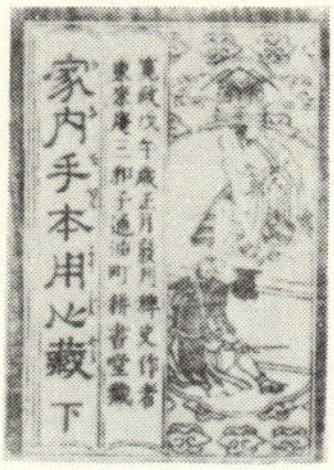

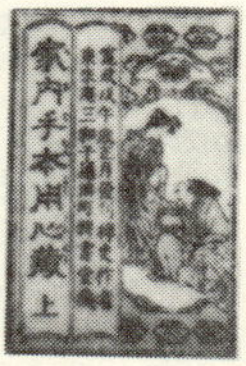

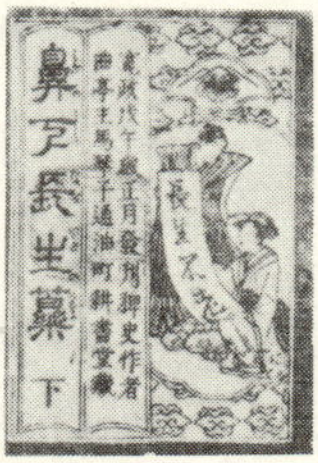

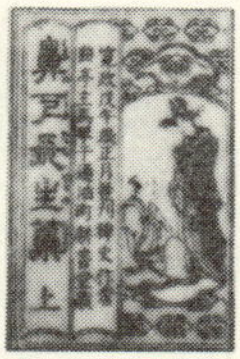

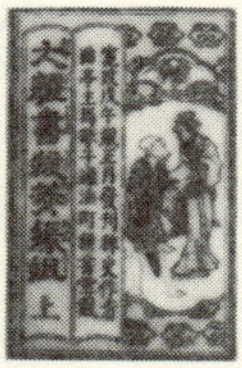

〈上　巻〉 〈中　巻〉 〈下　巻〉

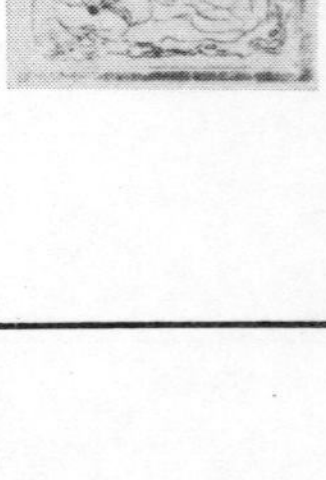

〈上　巻〉

〈中　巻〉

〈下　巻〉

蔦屋

〈下　巻〉　〈中　巻〉　〈上　巻〉

蔦屋

〈下　巻〉	〈中　巻〉	〈上　巻〉
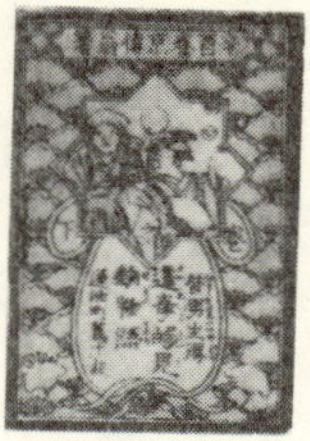	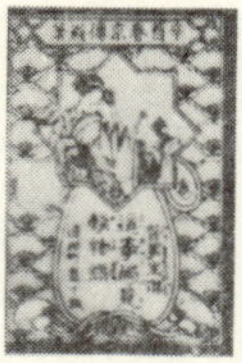	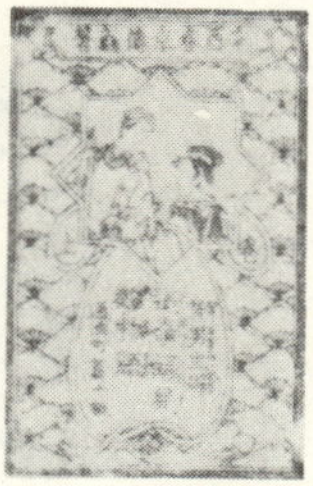
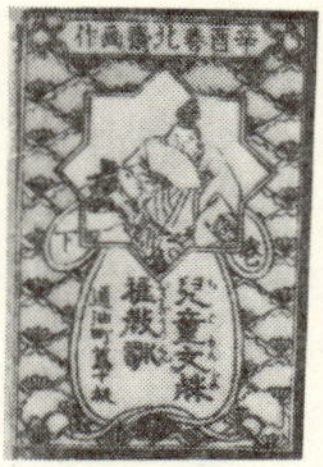	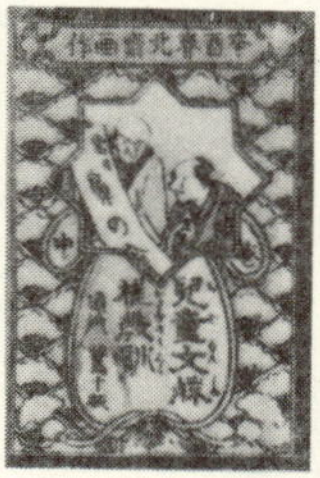	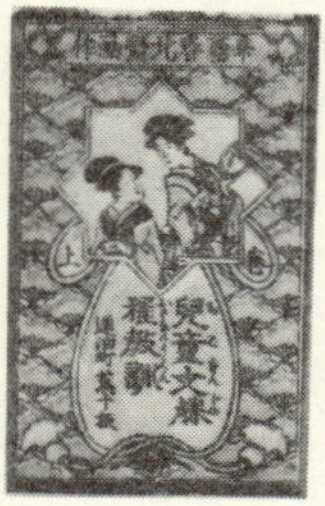
	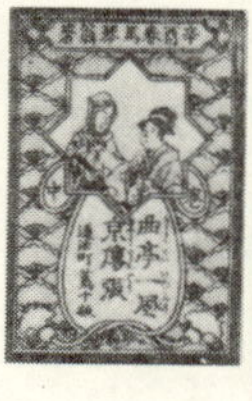	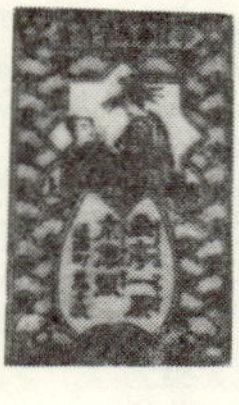

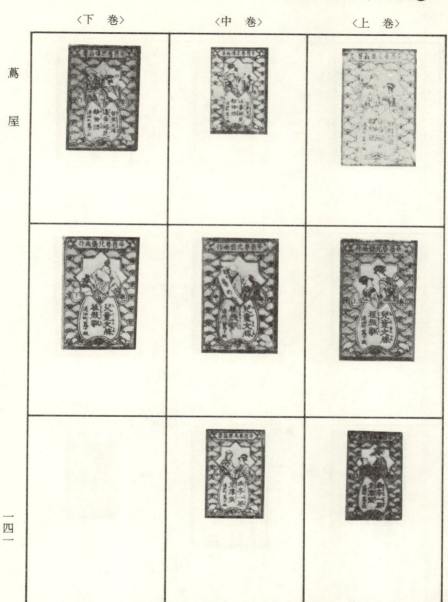

亨和二年（1802）壬戌

蔦屋

〈上巻〉〈中巻〉〈下巻〉

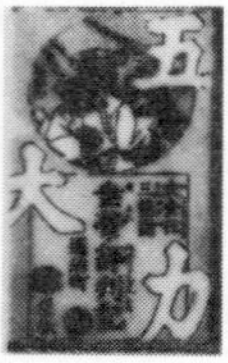

〈上　巻〉

〈中　巻〉

〈下　巻〉

〈下　巻〉　〈中　巻〉　〈上　巻〉

蔦　屋

蔦屋

〈下　巻〉	〈中　巻〉	〈上　巻〉

〈下　巻〉　〈中　巻〉　〈上　巻〉

蔦屋

〈下　巻〉	〈中　巻〉	〈上　巻〉
	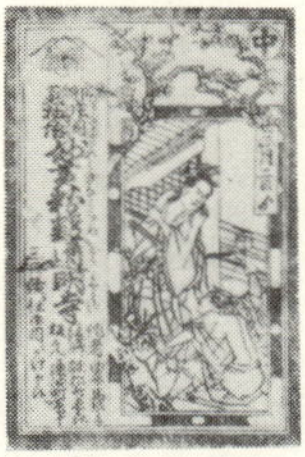	
	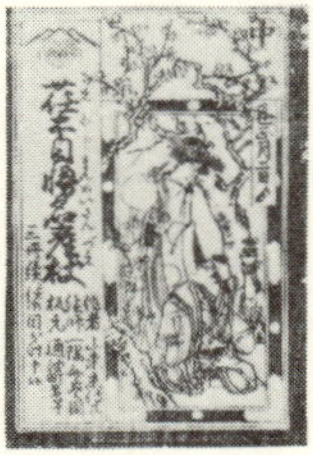	

〈上　巻〉

〈中　巻〉

〈下　巻〉

	〈下　巻〉	〈中　巻〉	〈上　巻〉
蔦屋			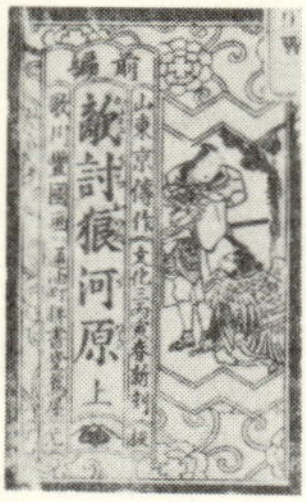 前編 敵討猿河原 上 山東京傳作 歌川豊國画
	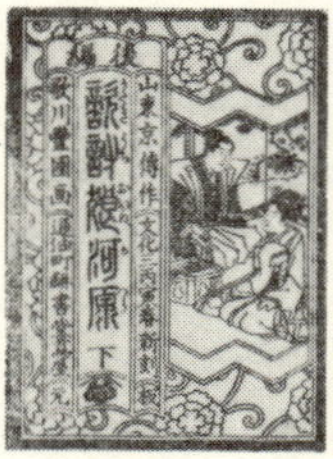 後編 山東京傳作 歌川豊國画	 後編	 後編 歌川豊國画

	〈上　巻〉	〈中　巻〉	〈下　巻〉
（天明五年）			
（寛政八年）			
（寛政十年）			

西村

（与八、馬喰町二丁目。永寿堂）

✣

✣

✣

西村

〈下　巻〉	〈中　巻〉	〈上　巻〉

	✣	
	✣	

〈下　巻〉	〈中　巻〉	〈上　巻〉
	✣	
	✣	

西村

〈下　巻〉	〈中　巻〉	〈上　巻〉
	✣	
	✣	
	✣	

西村

〈下　巻〉	〈中　巻〉	〈上　巻〉
	❖	
	❖	
	❖	

西村

〈下　巻〉	〈中　巻〉	〈上　巻〉
	✤	

〈下　巻〉	〈中　巻〉	〈上　巻〉

	✣	
	✣	

	〈下 巻〉	〈中 巻〉	〈上 巻〉
西村			

安永九年（1780）庚子●

〈下　巻〉	〈中　巻〉	〈上　巻〉
	✥	
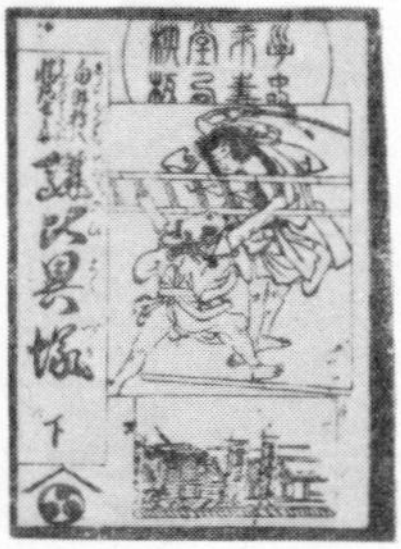	✥	

西村

〈下　巻〉	〈中　巻〉	〈上　巻〉
	✣	
	✣	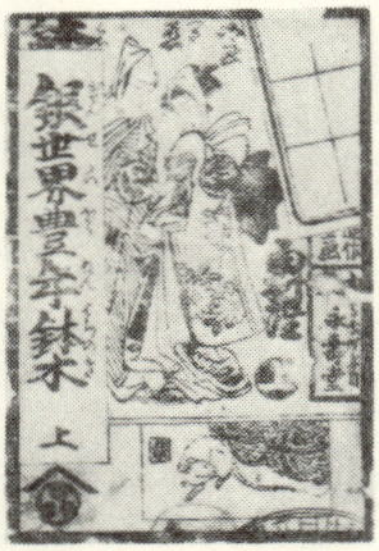
	✣	

〈下　巻〉	〈中　巻〉	〈上　巻〉

西村

〈下　巻〉	〈中　巻〉	〈上　巻〉

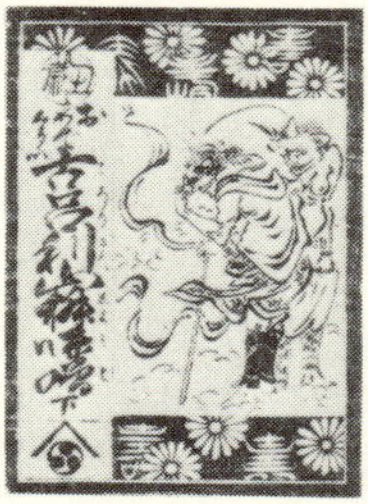		

〈下　巻〉	〈中　巻〉	〈上　巻〉

〈上　巻〉

〈中　巻〉

〈下　巻〉

〈下　巻〉	〈中　巻〉	〈上　巻〉

西村

〈下　巻〉	〈中　巻〉	〈上　巻〉

〈下　巻〉	〈中　巻〉	〈上　巻〉
	✣	
	✣	

西村

西村

〈上　巻〉　〈中　巻〉　〈下　巻〉

〈下　巻〉　〈中　巻〉　〈上　巻〉

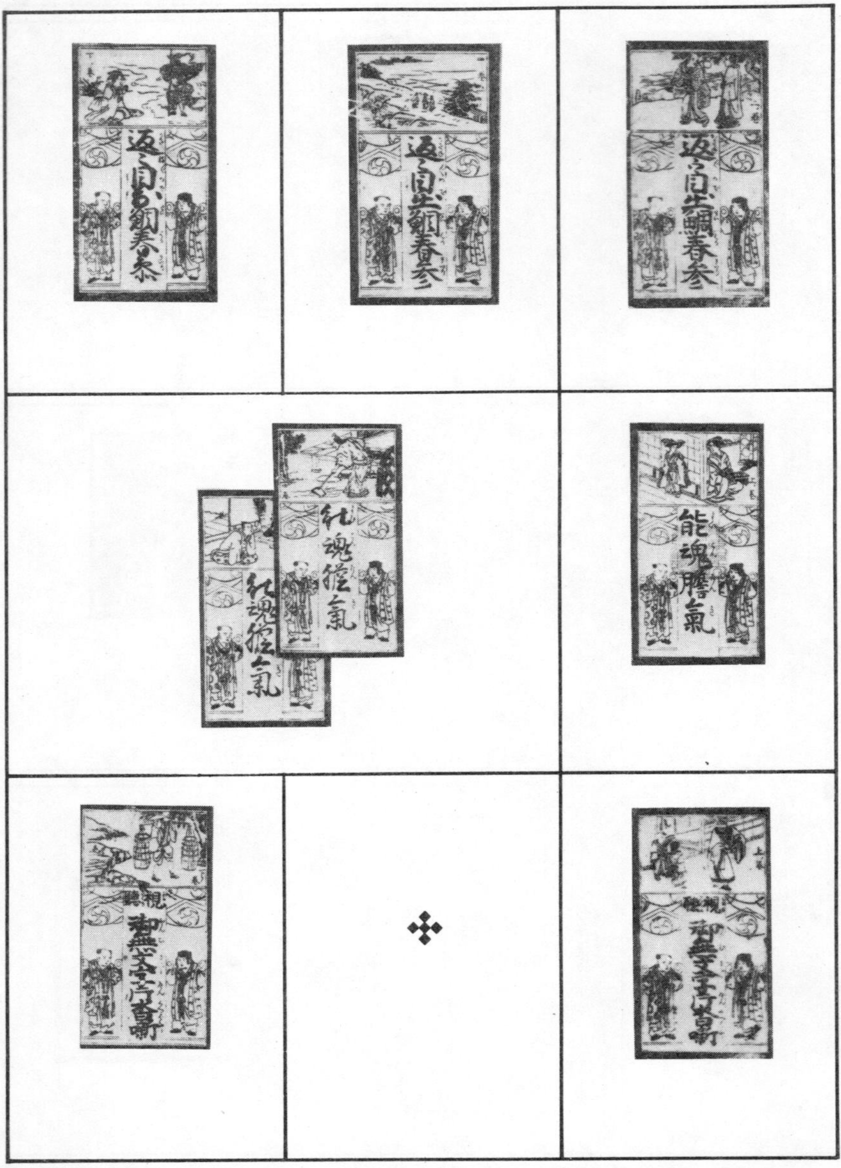

西村

〈上　巻〉　〈中　巻〉　〈下　巻〉

西村

〈下　巻〉　〈中　巻〉　〈上　巻〉

西村

〈下 巻〉	〈中 巻〉	〈上 巻〉

〈上　巻〉

〈中　巻〉

〈下　巻〉

西村

西村

〈下　巻〉	〈中　巻〉	〈上　巻〉
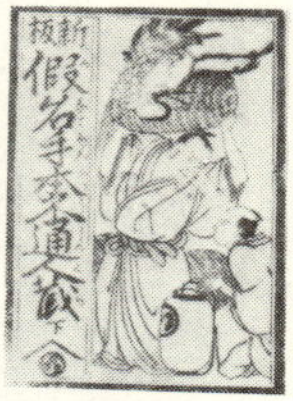	✤	
	✤	

〈上　巻〉〈中　巻〉〈下　巻〉

西村

〈上　巻〉

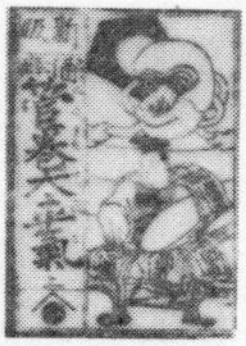

〈中　巻〉

〈下　巻〉

〈下　巻〉　〈中　巻〉　〈上　巻〉

西村

西村

〈下　巻〉	〈中　巻〉	〈上　巻〉

〈下　巻〉	〈中　巻〉	〈上　巻〉

西村

西村

〈上　巻〉

〈中　巻〉

〈下　巻〉

〈下　巻〉	〈中　巻〉	〈上　巻〉
	✤	
	✤	

西村

〈下　巻〉	〈中　巻〉	〈上　巻〉
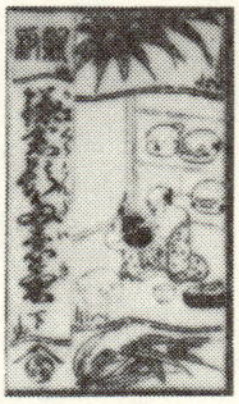	❖	
	❖	

西村

〈下　巻〉	〈中　巻〉	〈上　巻〉
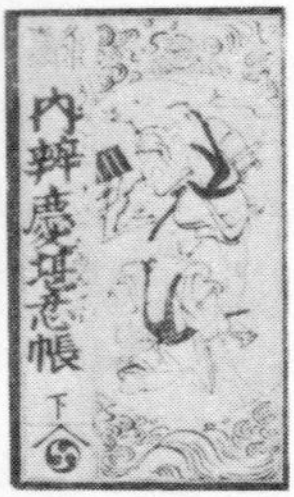		

西村

〈上　巻〉

〈中　巻〉

❖

〈下　巻〉

西村

〈下　巻〉	〈中　巻〉	〈上　巻〉

	✣	
	✣	

西村

〈下　巻〉　〈中　巻〉　〈上　巻〉

〈下　巻〉	〈中　巻〉	〈上　巻〉
	✤	
	✤	

西村

〈下　巻〉	〈中　巻〉	〈上　巻〉
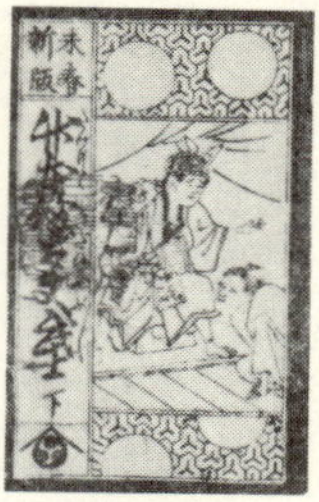	✣	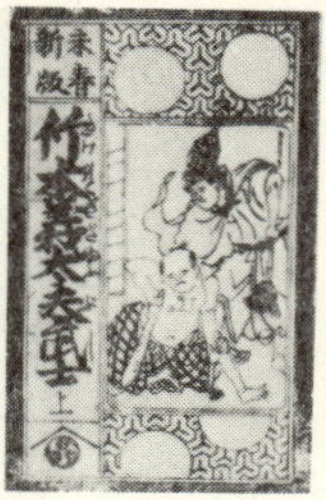
	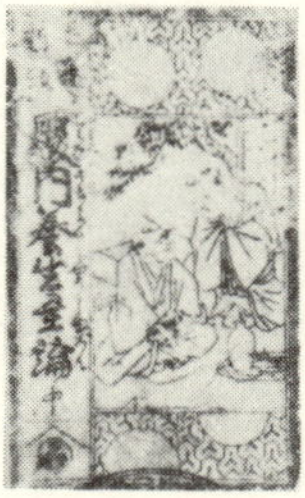	
	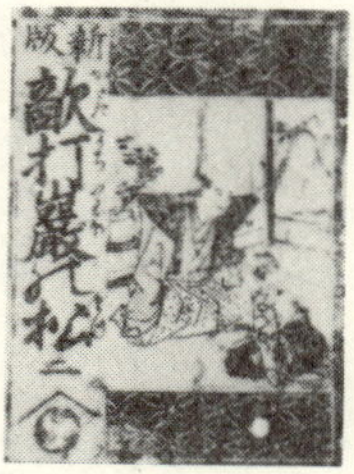	

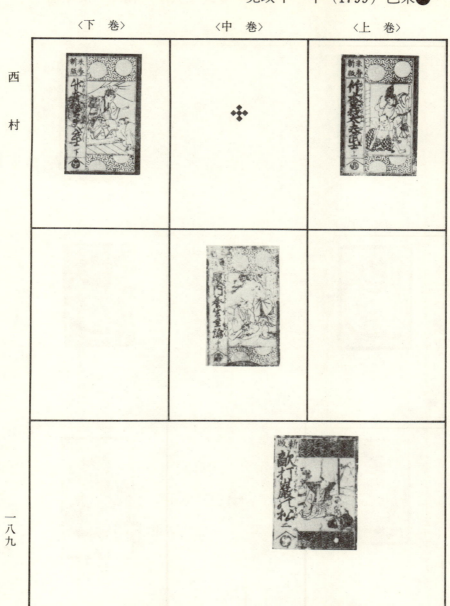

西村

〈下　巻〉	〈中　巻〉	〈上　巻〉

〈下　巻〉　〈中　巻〉　〈上　巻〉

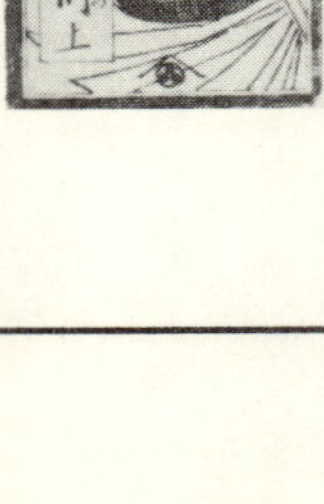

〈下　巻〉　〈中　巻〉　〈上　巻〉

西村

〈上　巻〉　〈中　巻〉　〈下　巻〉

西村

〈下　巻〉　〈中　巻〉　〈上　巻〉

西村

〈下　巻〉	〈中　巻〉	〈上　巻〉
	✥	
	✥	

〈下　巻〉	〈中　巻〉	〈上　巻〉

〈下　巻〉	〈中　巻〉	〈上　巻〉

	✤	
	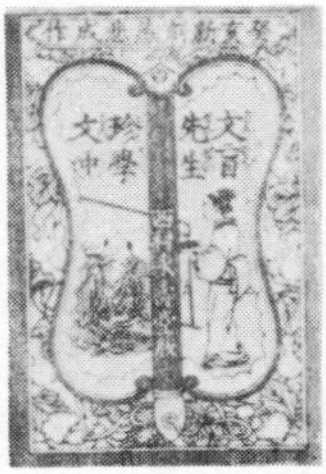	

西村

〈上　巻〉　〈中　巻〉　〈下　巻〉

西村

〈下　巻〉	〈中　巻〉	〈上　巻〉

西村

〈上　巻〉

〈中　巻〉

〈下　巻〉

西村

〈下　巻〉	〈中　巻〉	〈上　巻〉

	✣	

〈上　巻〉　〈中　巻〉　〈下　巻〉

	〈上　巻〉	〈中　巻〉	〈下　巻〉
（寛政九年）			
（寛政九年）			
（文化二年）			

㊞伊勢治

伊勢治

（伊勢屋次助、山下御門外）

	✣	
	✣	
	✣	

伊勢治

〈下　巻〉	〈中　巻〉	〈上　巻〉

〈上　巻〉

〈中　巻〉

〈下　巻〉

〈下　巻〉	〈中　巻〉	〈上　巻〉

伊勢治

〈上　巻〉

〈中　巻〉

〈下　巻〉

伊勢治

〈下　巻〉	〈中　巻〉	〈上　巻〉

〈下　巻〉　〈中　巻〉　〈上　巻〉

伊勢治

〈下　巻〉	〈中　巻〉	〈上　巻〉

	✤	
	✤	

〈下　巻〉	〈中　巻〉	〈上　巻〉

伊勢治

伊勢治

〈下　巻〉	〈中　巻〉	〈上　巻〉

	❖	

安永九年（1780）庚子

〈下　巻〉　〈中　巻〉　〈上　巻〉

伊勢治

伊勢治

〈下　巻〉	〈中　巻〉	〈上　巻〉

	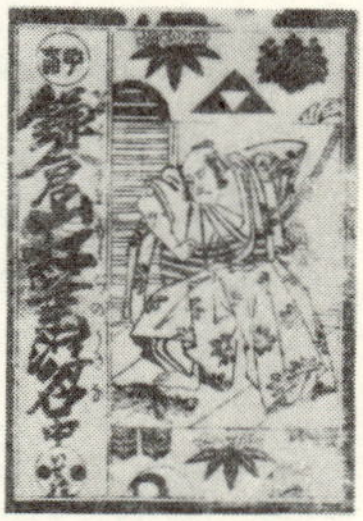	

伊勢治

〈下　巻〉　〈中　巻〉　〈上　巻〉

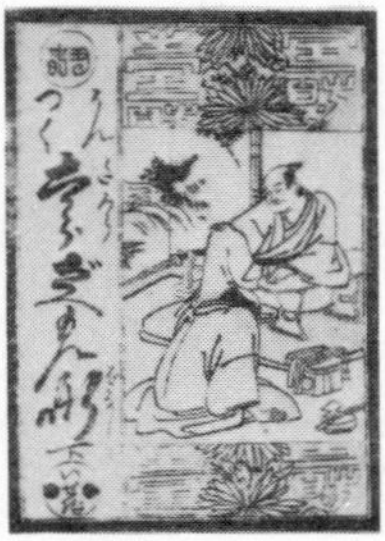

〈下　巻〉	〈中　巻〉	〈上　巻〉
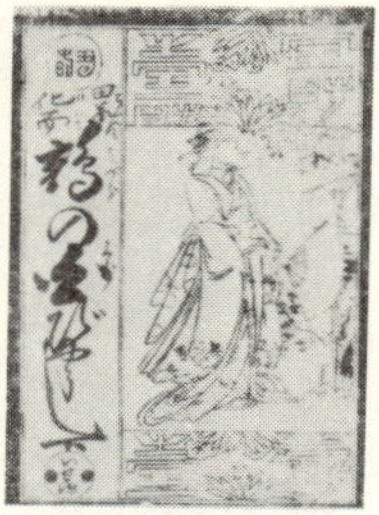		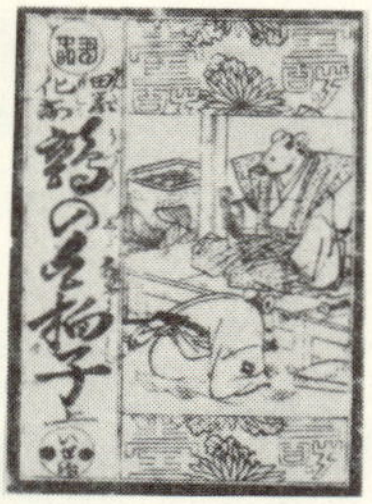
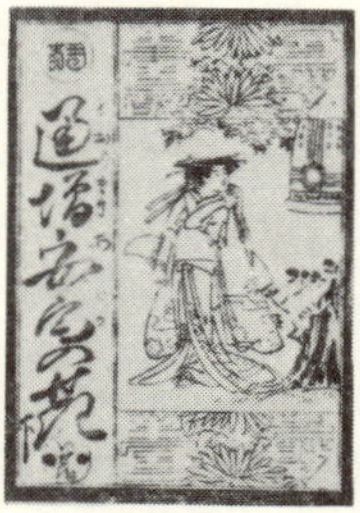		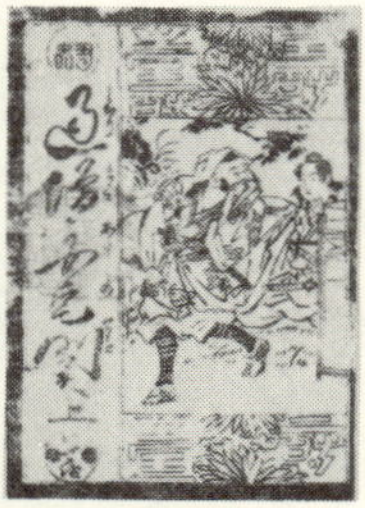
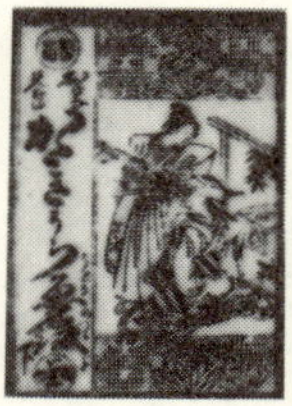		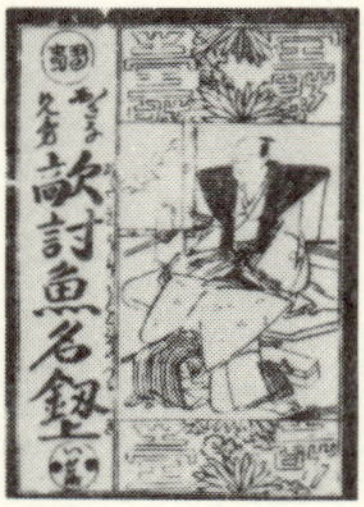

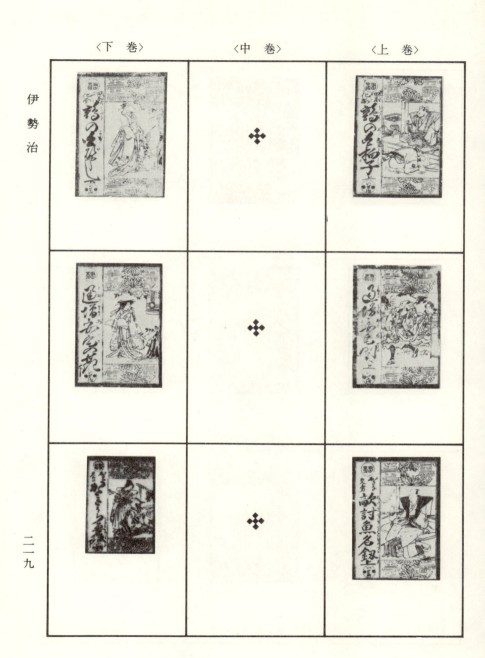

〈下　巻〉　〈中　巻〉　〈上　巻〉

伊勢治

〈下　巻〉	〈中　巻〉	〈上　巻〉

〈下　巻〉	〈中　巻〉	〈上　巻〉

	✣	

伊勢治

〈下　巻〉	〈中　巻〉	〈上　巻〉
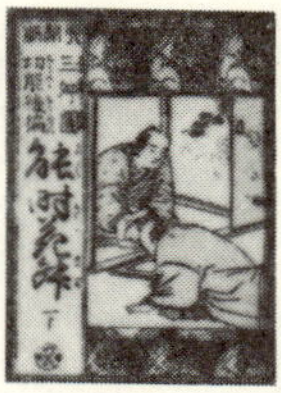	❖	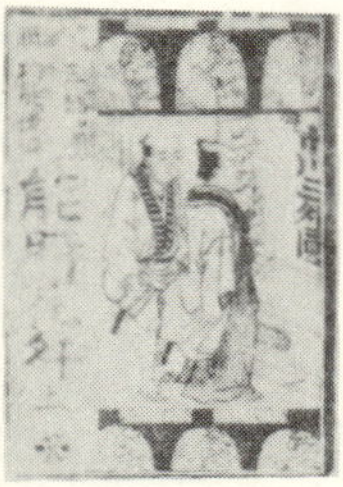

〈下　巻〉　〈中　巻〉　〈上　巻〉

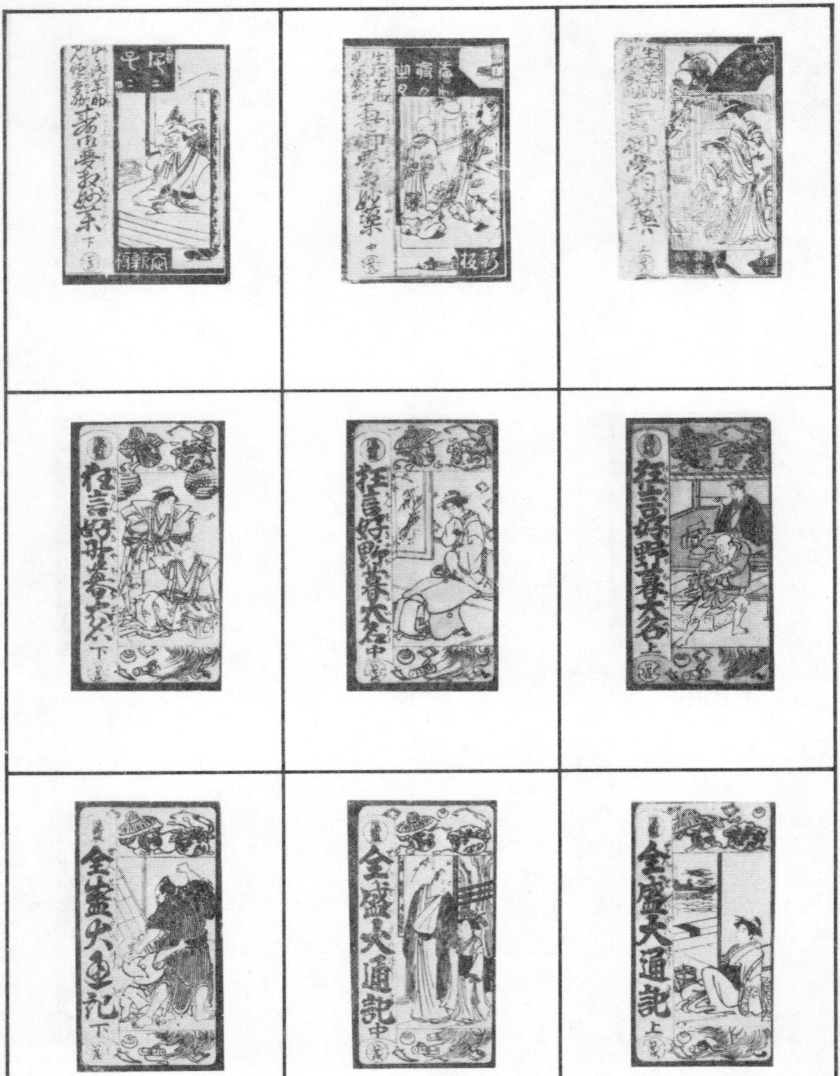

伊勢治

〈上　巻〉	〈中　巻〉	〈下　巻〉

		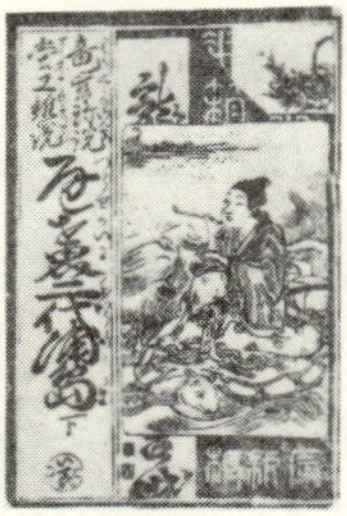

〈下　巻〉	〈中　巻〉	〈上　巻〉
	✥	

	✥	

〈下　巻〉　〈中　巻〉　〈上　巻〉

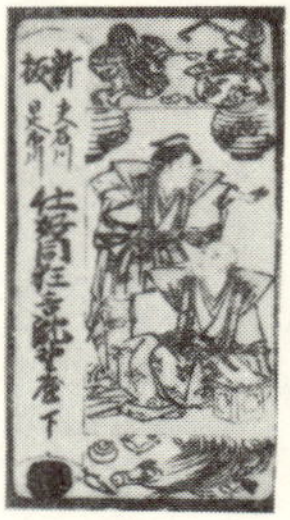

〈下　巻〉	〈中　巻〉	〈上　巻〉

〈下　巻〉	〈中　巻〉	〈上　巻〉

〈下　巻〉	〈中　巻〉	〈上　巻〉

	✥	

伊勢治

〈上　巻〉

〈中　巻〉

〈下　巻〉

〈下　巻〉	〈中　巻〉	〈上　巻〉

〈下　巻〉	〈中　巻〉	〈上　巻〉

伊勢治

〈下　巻〉　〈中　巻〉　〈上　巻〉

伊勢治

〈下　巻〉	〈中　巻〉	〈上　巻〉
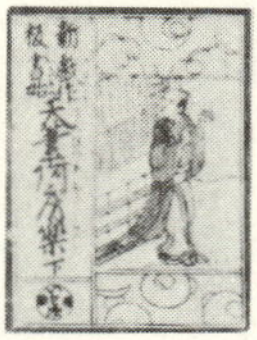		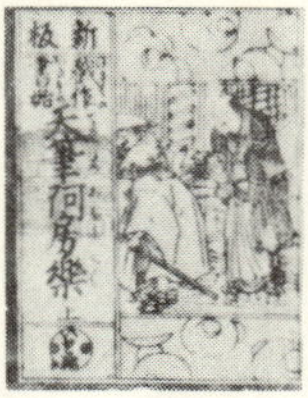
		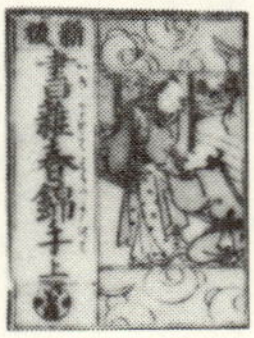

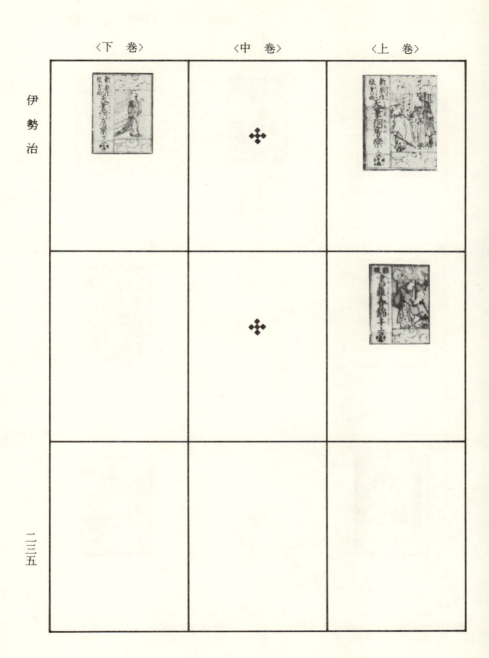

伊勢治

〈下　巻〉　〈中　巻〉　〈上　巻〉

✥

✥

伊勢治

〈下　巻〉	〈中　巻〉	〈上　巻〉
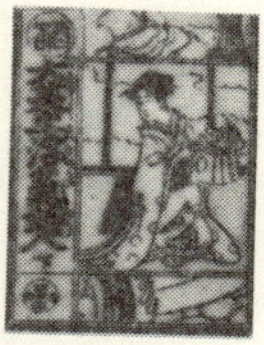		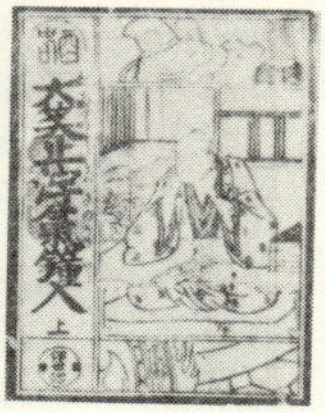
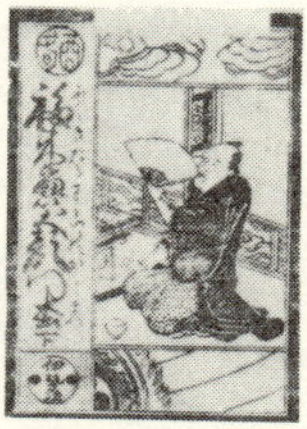	✣	

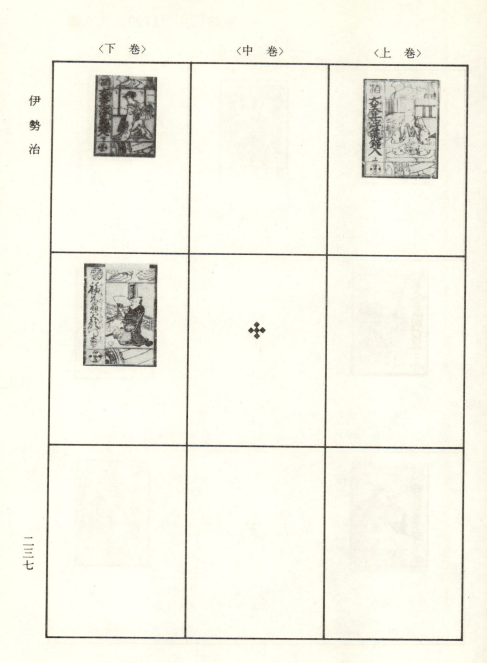

伊勢治

〈上　巻〉

〈中　巻〉

〈下　巻〉

伊勢治

〈上　巻〉　〈中　巻〉　〈下　巻〉

伊勢治

〈下　巻〉	〈中　巻〉	〈上　巻〉
	✣	
	✣	
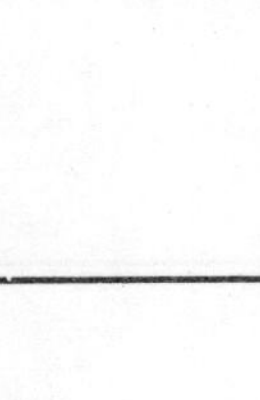	✣	

伊勢治

〈下　巻〉	〈中　巻〉	〈上　巻〉

〈上　巻〉　〈中　巻〉　〈下　巻〉

伊勢治

伊勢治

〈下　巻〉　〈中　巻〉　〈上　巻〉

〈上　巻〉

〈中　巻〉

〈下　巻〉

伊勢治

〈下巻〉　〈中巻〉　〈上巻〉

（安永四年）

（天明三年）

榎本

（吉兵衛、紺屋町→大伝馬町）

	〈下　巻〉	〈中　巻〉	〈上　巻〉
榎本			

〈下　巻〉	〈中　巻〉	〈上　巻〉

		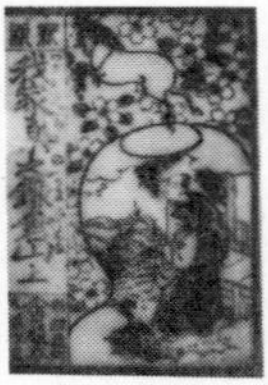

〈下　巻〉　〈中　巻〉　〈上　巻〉

榎本

〈下　巻〉	〈中　巻〉	〈上　巻〉

〈下　巻〉	〈中　巻〉	〈上　巻〉
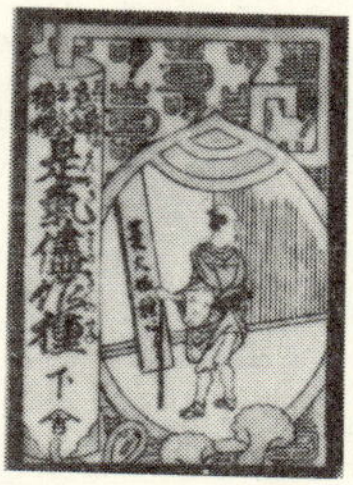		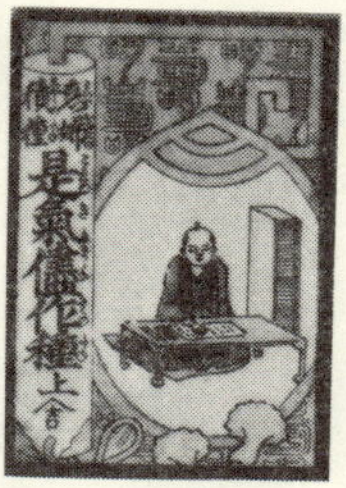
		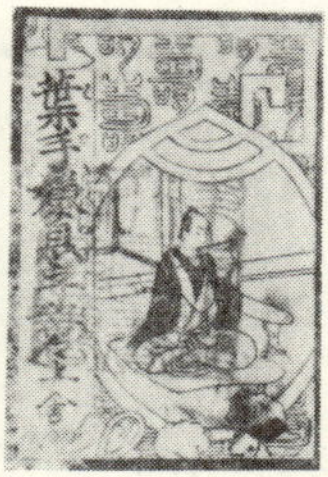

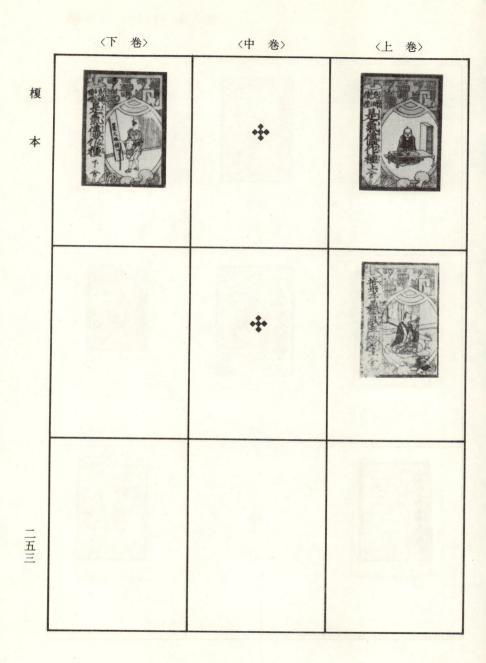

〈下　巻〉　〈中　巻〉　〈上　巻〉

榎本

	〈下　巻〉	〈中　巻〉	〈上　巻〉
榎本		✣	
		✣	

榎本

〈下　巻〉　〈中　巻〉　〈上　巻〉

仙傳
延壽反魂談
下
榎本

仙傳
延壽反魂談
中
榎本

仙傳
延壽反魂談
上
榎本

一生入福兵衛幸
下
榎本

一生入福兵衛幸
中
榎本

一生入福兵衛幸
上
榎本

世中
下

世中
上
榎本

榎本

〈下　巻〉	〈中　巻〉	〈上　巻〉

榎本

〈下　巻〉	〈中　巻〉	〈上　巻〉

	✣	
	✣	

榎本

〈下　巻〉	〈中　巻〉	〈上　巻〉

〈下　巻〉	〈中　巻〉	〈上　巻〉
	❖	

榎本

〈下　巻〉	〈中　巻〉	〈上　巻〉

〈下　巻〉　〈中　巻〉　〈上　巻〉

✣

✣

榎本

榎本

〈下　巻〉	〈中　巻〉	〈上　巻〉

〈下　巻〉　〈中　巻〉　〈上　巻〉

榎　本

榎本

〈下　巻〉	〈中　巻〉	〈上　巻〉

〈下　巻〉　〈中　巻〉　〈上　巻〉

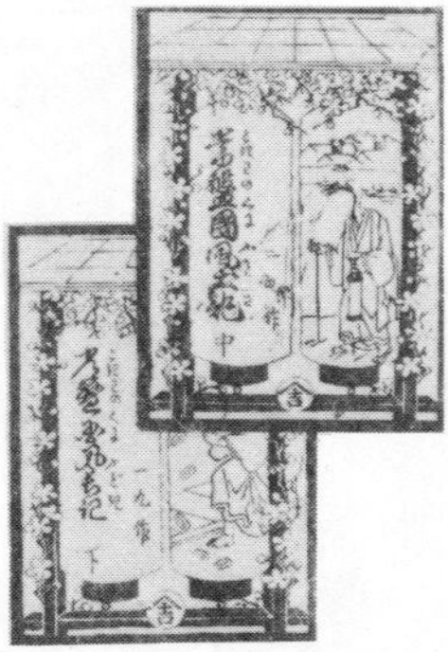

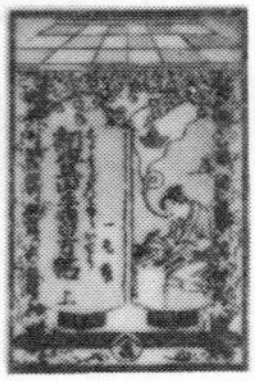

榎本

榎本

〈下　巻〉	〈中　巻〉	〈上　巻〉

〈上　巻〉

〈中　巻〉

〈下　巻〉

榎本

〈下　巻〉	〈中　巻〉	〈上　巻〉
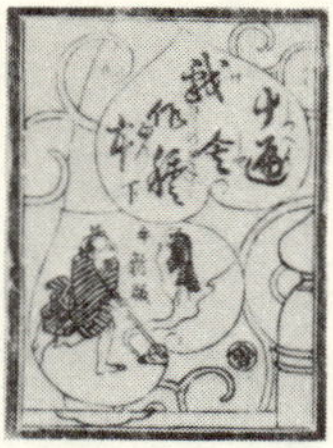	✤	
	✤	

〈下　巻〉	〈中　巻〉	〈上　巻〉

榎本

〈下　巻〉	〈中　巻〉	〈上　巻〉

	✣	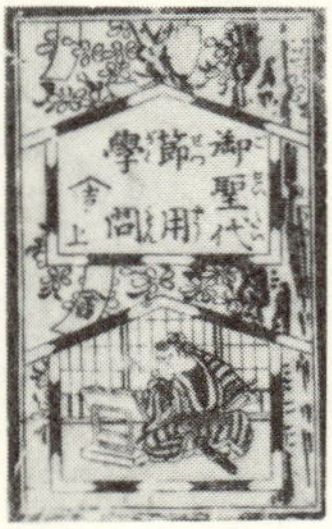
	✣	

〈下　巻〉	〈中　巻〉	〈上　巻〉
	✤	
	✤	

榎本

〈上　巻〉　〈中　巻〉　〈下　巻〉

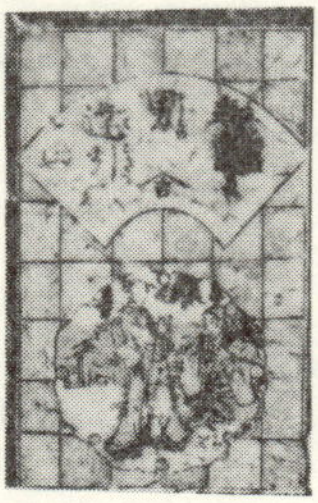

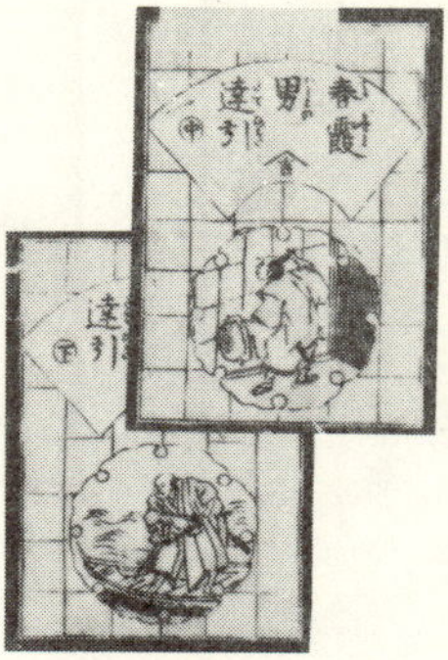

✣

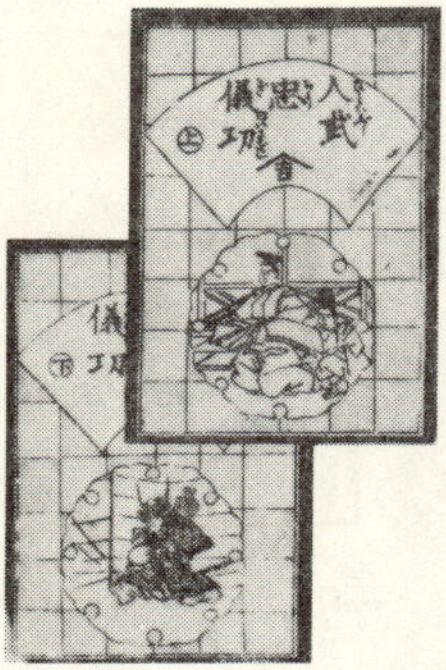

✣

〈上 巻〉

〈中 巻〉

〈下 巻〉

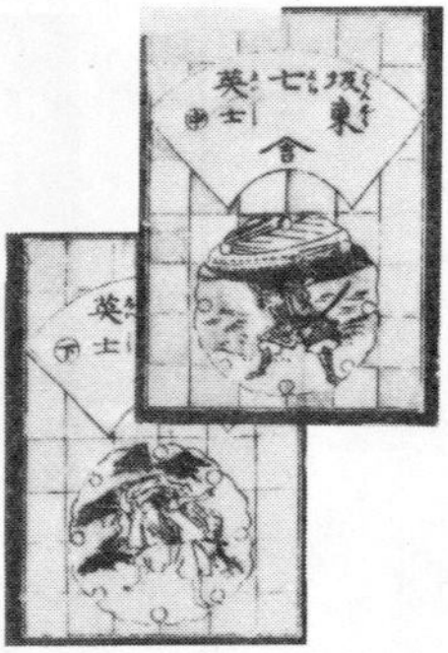

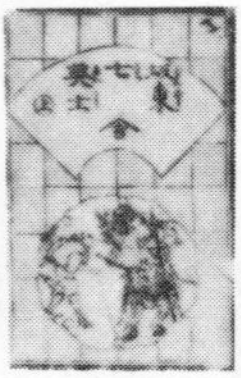

榎本

〈上　巻〉

〈中　巻〉

〈下　巻〉

〈上 巻〉

〈中 巻〉

〈下 巻〉

榎本

〈下　巻〉	〈中　巻〉	〈上　巻〉

	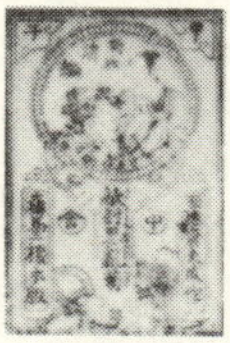	

〈下　巻〉	〈中　巻〉	〈上　巻〉
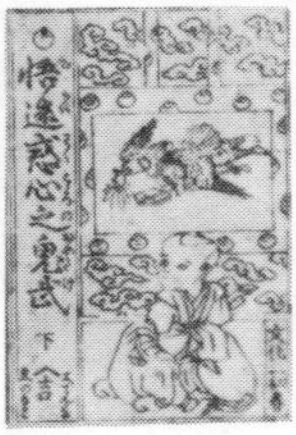	✤	

	✤	

榎本

〈下　巻〉	〈中　巻〉	〈上　巻〉

榎本

〈下　巻〉　〈中　巻〉　〈上　巻〉

（寛政元年）

（寛政元年）

㊪ 岩戸屋

（源八、浅草茅町→横山町）

岩戸屋

〈上　巻〉

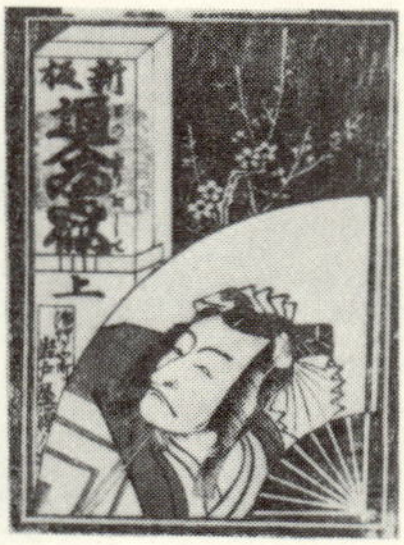

〈中　巻〉

〈下　巻〉

岩戸屋

〈上　巻〉〈中　巻〉〈下　巻〉

岩戸屋

〈下　巻〉	〈中　巻〉	〈上　巻〉

岩戸屋

〈上　巻〉　〈中　巻〉　〈下　巻〉

✥

✥

岩戸屋

〈下　巻〉　〈中　巻〉　〈上　巻〉

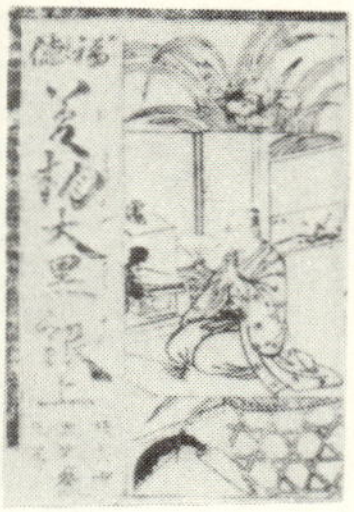

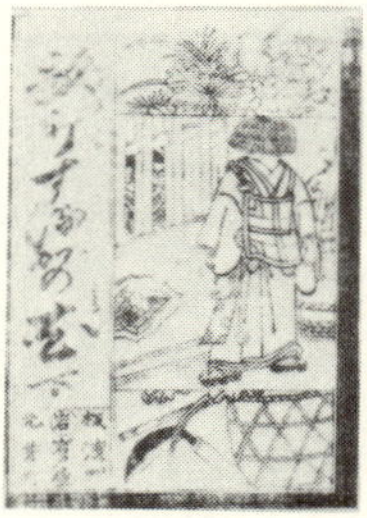

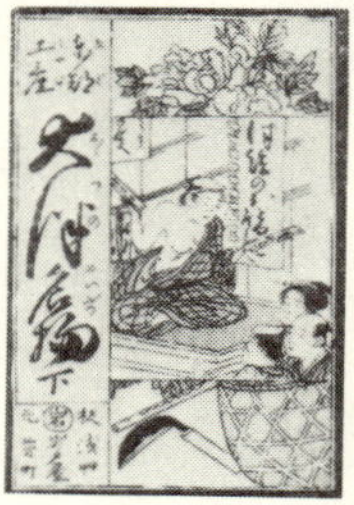

〈上　巻〉

〈中　巻〉

〈下　巻〉

岩戸屋

〈下　巻〉　〈中　巻〉　〈上　巻〉

〈下　巻〉	〈中　巻〉	〈上　巻〉

岩戸屋

〈下　巻〉	〈中　巻〉	〈上　巻〉

岩戸屋

〈下　巻〉　〈中　巻〉　〈上　巻〉

岩戸屋

〈下　巻〉	〈中　巻〉	〈上　巻〉

岩戸屋

〈上　巻〉

〈中　巻〉

〈下　巻〉

〈下　巻〉	〈中　巻〉	〈上　巻〉

	✤	
	✤	

〈下　巻〉	〈中　巻〉	〈上　巻〉

	✣	
	✣	

岩戸屋

岩戸屋

〈上　巻〉

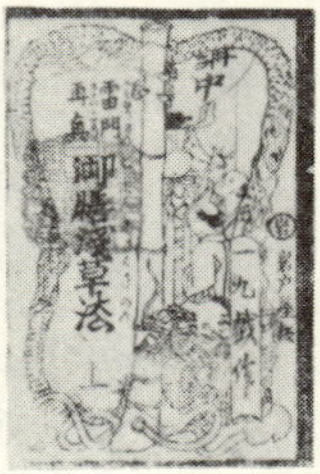

〈中　巻〉

〈下　巻〉

岩戸屋

〈上　巻〉

〈中　巻〉

〈下　巻〉

岩戸屋

〈下　巻〉　〈中　巻〉　〈上　巻〉

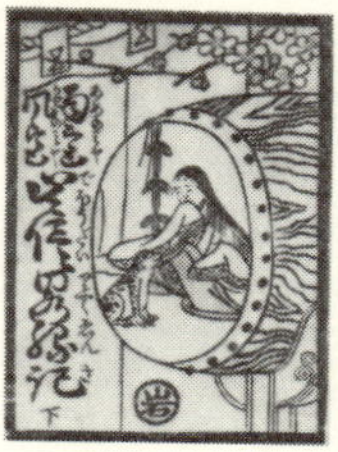

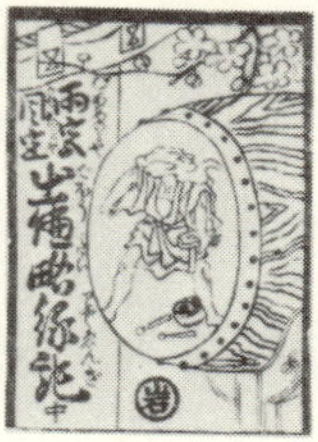

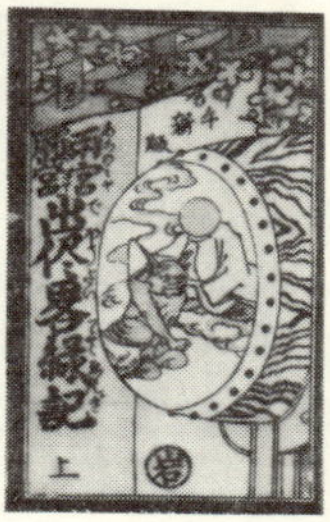

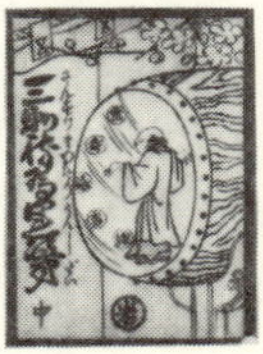

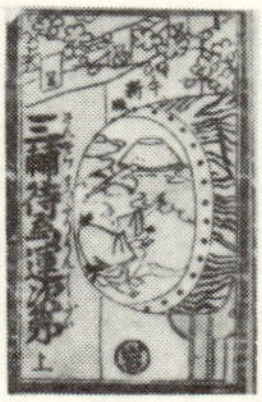

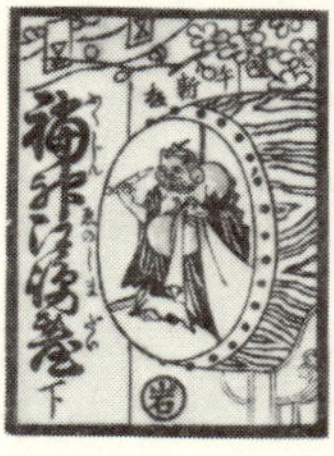

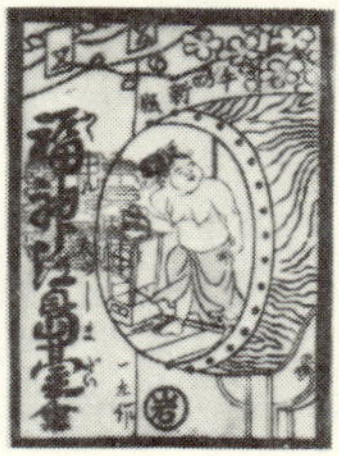

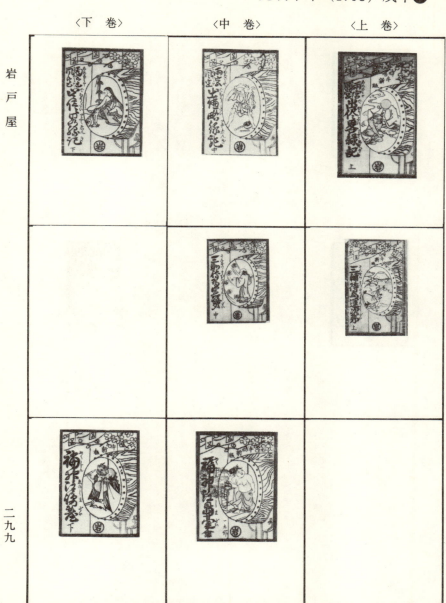

〈下　巻〉	〈中　巻〉	〈上　巻〉

岩戸屋

〈下　巻〉　〈中　巻〉　〈上　巻〉

岩戸屋

岩戸屋

〈下　巻〉	〈中　巻〉	〈上　巻〉

岩戸屋

〈上　巻〉　〈中　巻〉　〈下　巻〉

岩戸屋

〈下　巻〉〈中　巻〉〈上　巻〉

岩戸屋

〈下　巻〉	〈中　巻〉	〈上　巻〉

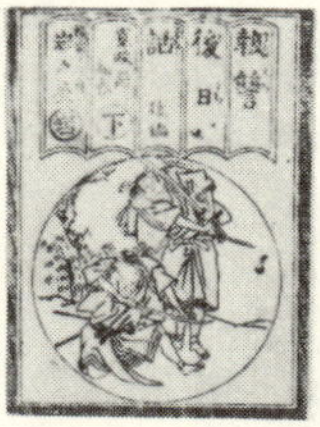		

亨和二年（1802）壬戌●

〈下　巻〉　〈中　巻〉　〈上　巻〉

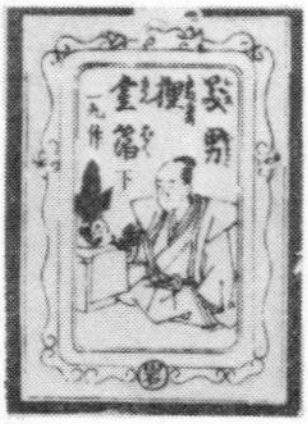

〈下　巻〉　〈中　巻〉　〈上　巻〉

岩戸屋

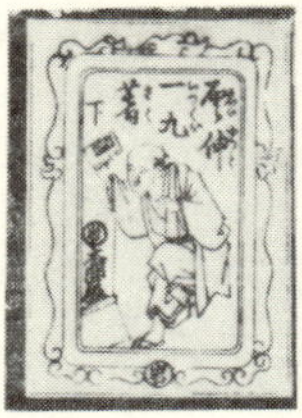

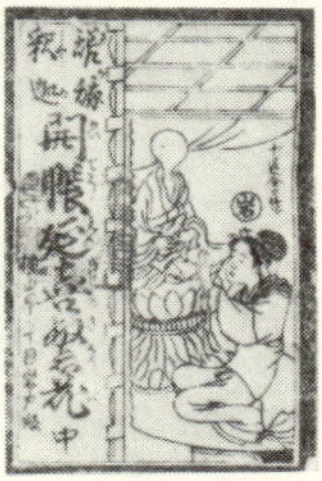

岩戸屋

〈下　巻〉　〈中　巻〉　〈上　巻〉

享和
癸亥
三
春
色外題空黄表紙
下

享和
癸亥
三
春
色外題空黄表紙
上
色外題空黄表紙
中

享和
癸亥
三
春
通俗三呑志
下

享和
癸亥
三
春
通俗三呑志

享和
癸亥
三
春
通俗三呑志

享和
癸亥
三
春
仇敵碪打手
上

岩戸屋

〈下　巻〉	〈中　巻〉	〈上　巻〉

	✣	

〈下　巻〉　〈中　巻〉　〈上　巻〉

岩戸屋

岩戸屋

〈下　巻〉	〈中　巻〉	〈上　巻〉

岩戸屋

〈下　巻〉	〈中　巻〉	〈上　巻〉

泉市

泉市

（和泉屋市兵衛、芝神明前）

泉市

〈下　巻〉	〈中　巻〉	〈上　巻〉
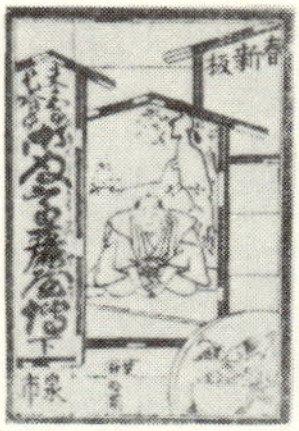		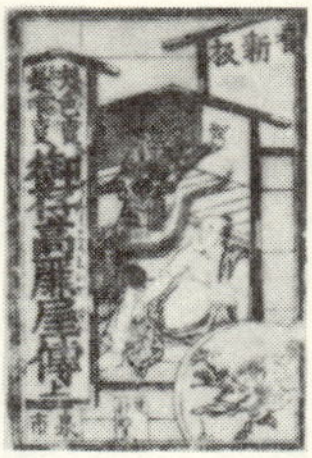

〈下　巻〉	〈中　巻〉	〈上　巻〉

泉市

泉市

〈上　巻〉〈中　巻〉〈下　巻〉

〈下　巻〉	〈中　巻〉	〈上　巻〉

泉市

〈下　巻〉	〈中　巻〉	〈上　巻〉
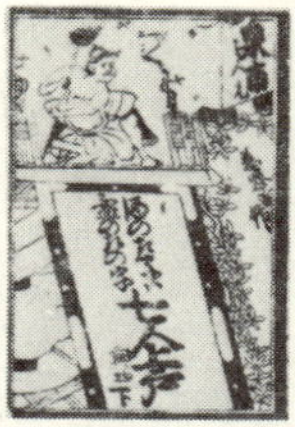	✣	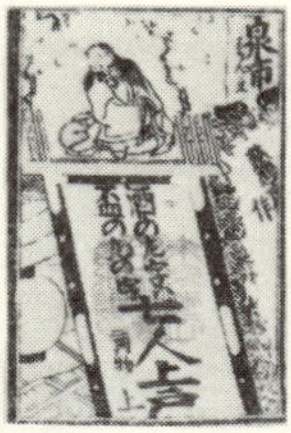
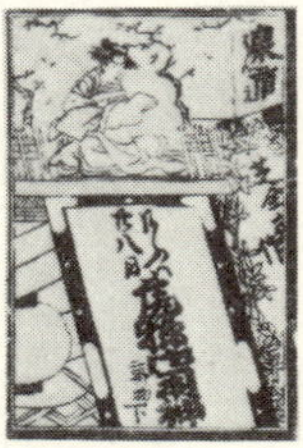	✣	
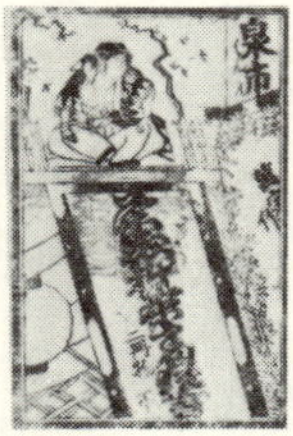	✣	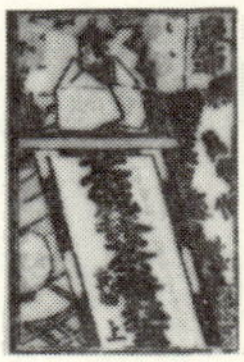

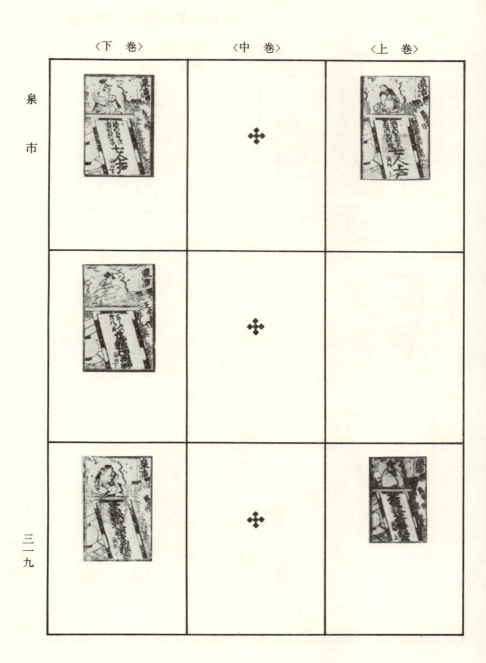

〈下　巻〉　〈中　巻〉　〈上　巻〉

泉市

泉市

〈下巻〉	〈中巻〉	〈上巻〉

〈下　巻〉　〈中　巻〉　〈上　巻〉

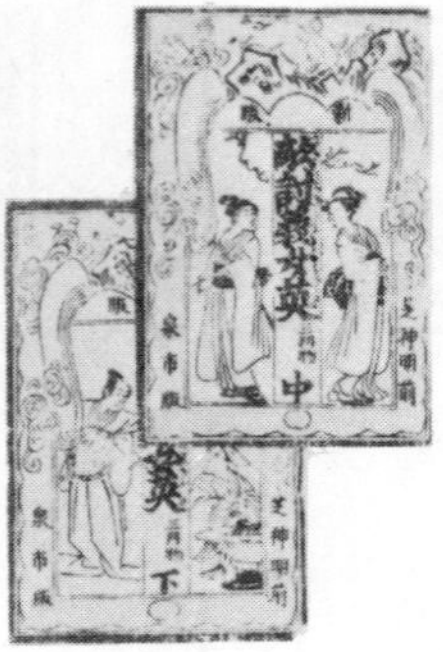

泉市

〈上　巻〉

〈中　巻〉

〈下　巻〉

〈下　巻〉　〈中　巻〉　〈上　巻〉

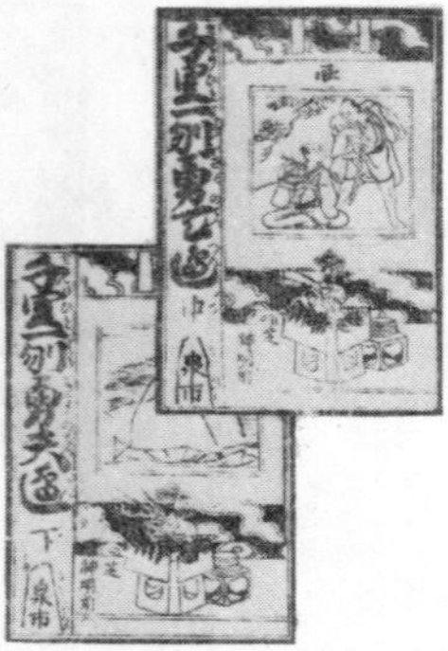

泉市

泉市

〈下　巻〉　〈中　巻〉　〈上　巻〉

巳
三世相
八算
下
泉市

巳
三世相郎満八算
中
泉市

巳
三世相
八算
上
泉市

今度着鬼息子
下

今度着鬼息子
上

化物大閑口
下

化物大閑口
上

泉市

〈下　巻〉　〈中　巻〉　〈上　巻〉

泉市

〈下　巻〉	〈中　巻〉	〈上　巻〉
 敵討柳下貞婦 下 泉市	 敵討柳下貞婦 中 泉市	 敵討柳下貞婦 上 泉市
	✣	 狂言狐書入 上 泉市
 怪談奇發情 下 泉市	✣	 怪談奇發情

〈上　巻〉　〈中　巻〉　〈下　巻〉

〈下　巻〉　〈中　巻〉　〈上　巻〉

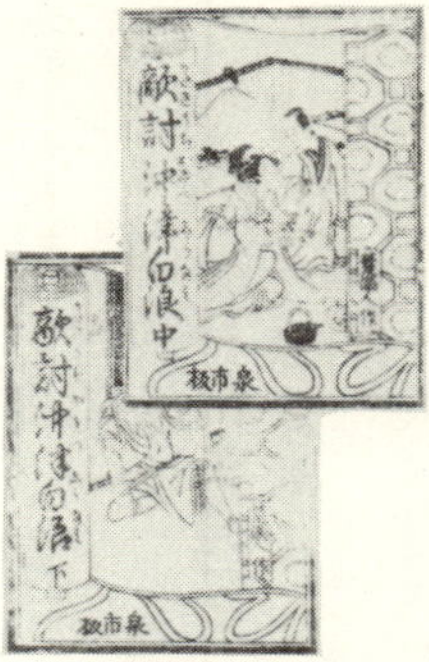

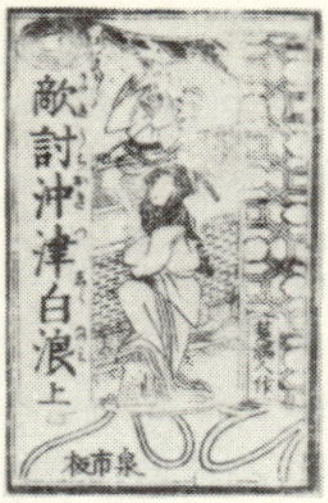

〈下　巻〉	〈中　巻〉	〈上　巻〉

泉市

泉 市

〈上　巻〉〈中　巻〉〈下　巻〉

〈上　巻〉

〈中　巻〉

〈下　巻〉

〈下　巻〉　〈中　巻〉　〈上　巻〉

泉市

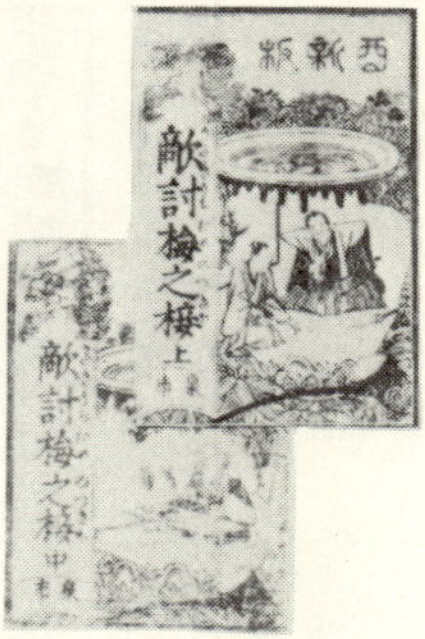

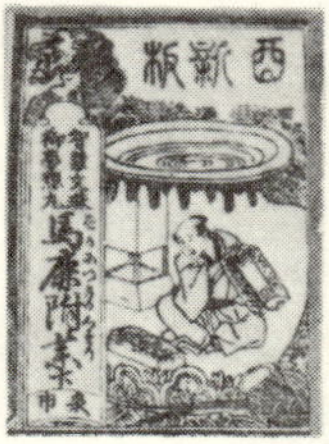

〈上　巻〉　〈中　巻〉　〈下　巻〉

西
昔噺枯木花
上
泉市

西
昔ばなし枯木花
中
泉市

西
敵討布施利生記
上
泉市
西
敵討布施利生記
中
泉市

西
敵討布施利生記
下
泉市

泉市

〈下　巻〉　〈中　巻〉　〈上　巻〉

御利生
御利生
告手之
艶男
中
艶男
下

御利生
御利生
告手之
艶男
泉
上
市

自先達
御吹聴
綿温石
奇効報條
泉
下
市

自先達
御吹聴
綿温石
奇効報條
泉
中
市

泉市

〈下　巻〉	〈中　巻〉	〈上　巻〉

〈下　巻〉	〈中　巻〉	〈上　巻〉

		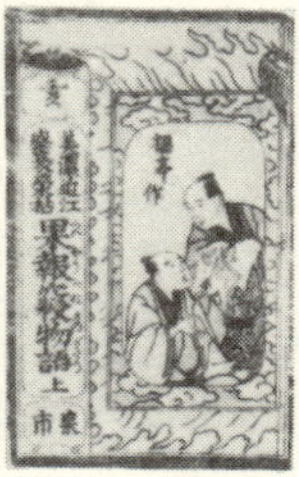

泉市

〈下　巻〉	〈中　巻〉	〈上　巻〉

泉市

〈下　巻〉　〈中　巻〉　〈上　巻〉

〈下　巻〉　〈中　巻〉　〈上　巻〉

〈下　巻〉	〈中　巻〉	〈上　巻〉

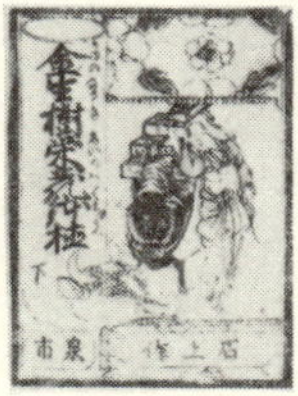		

〈下　巻〉	〈中　巻〉	〈上　巻〉

〈下　巻〉	〈中　巻〉	〈上　巻〉

㊖村　田

（次郎兵衛、通油町。栄邑堂）

〈下　巻〉　〈中　巻〉　〈上　巻〉

村田

✣

✣

〈下　巻〉	〈中　巻〉	〈上　巻〉

	〈下　巻〉	〈中　巻〉	〈上　巻〉
村田		✣	
		✣	

〈下　巻〉　〈中　巻〉　〈上　巻〉

村田

村田

〈下　巻〉	〈中　巻〉	〈上　巻〉
	✣	

	✣	

〈下　巻〉	〈中　巻〉	〈上　巻〉

	✣	

村田

	〈下　巻〉	〈中　巻〉	〈上　巻〉
村田			
		❖	
		❖	

〈下　巻〉　〈中　巻〉　〈上　巻〉

村田

〈下　巻〉	〈中　巻〉	〈上　巻〉
	✣	
	✣	
	✣	

〈下　巻〉　〈中　巻〉　〈上　巻〉

村田

村田

〈上　巻〉

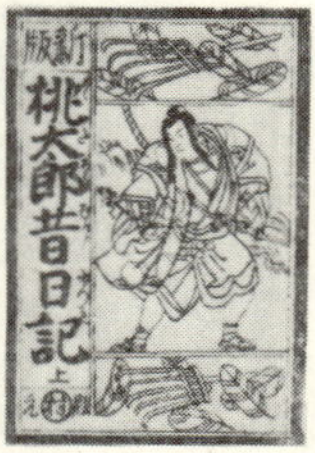

〈中　巻〉

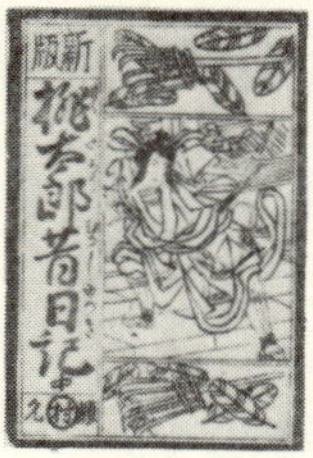

〈下　巻〉

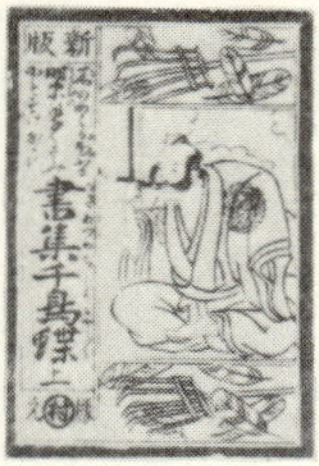

村田

〈下　巻〉	〈中　巻〉	〈上　巻〉

村田

〈下　巻〉	〈中　巻〉	〈上　巻〉

〈下　巻〉	〈中　巻〉	〈上　巻〉

村田

村田

〈下　巻〉	〈中　巻〉	〈上　巻〉

〈下　巻〉　〈中　巻〉　〈上　巻〉

村田

村田

〈下　巻〉	〈中　巻〉	〈上　巻〉

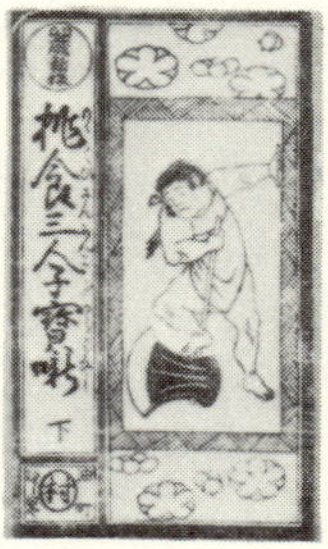		

〈下　巻〉	〈中　巻〉	〈上　巻〉

〈下　巻〉　〈中　巻〉　〈上　巻〉

村田

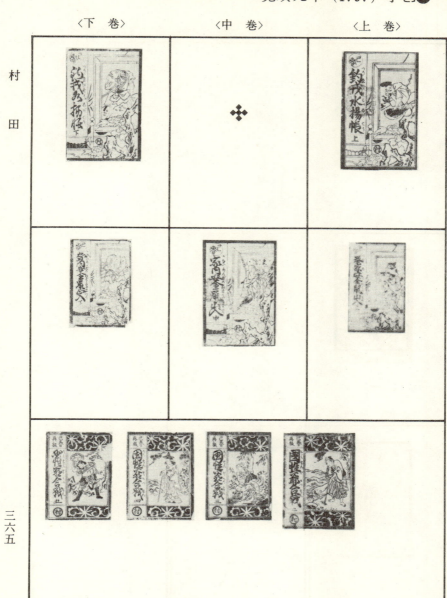

〈下　巻〉	〈中　巻〉	〈上　巻〉
	❖	
	❖	

村田

〈下　巻〉	〈中　巻〉	〈上　巻〉
	✤	
	✤	
	✤	

〈上　巻〉　〈中　巻〉　〈下　巻〉

〈下　巻〉　〈中　巻〉　〈上　巻〉

村田

〈上　巻〉

〈中　巻〉

〈下　巻〉

村田

〈下　巻〉	〈中　巻〉	〈上　巻〉

〈下　巻〉	〈中　巻〉	〈上　巻〉

〈下　巻〉　〈中　巻〉　〈上　巻〉

村田

加羅操狂言
板本舎
邑二作
通油町
村田版

加羅操狂言
板本舎
邑二作
通油町
村田版

前編安部川敵討
十篇舎
一九作
通油町
村田版

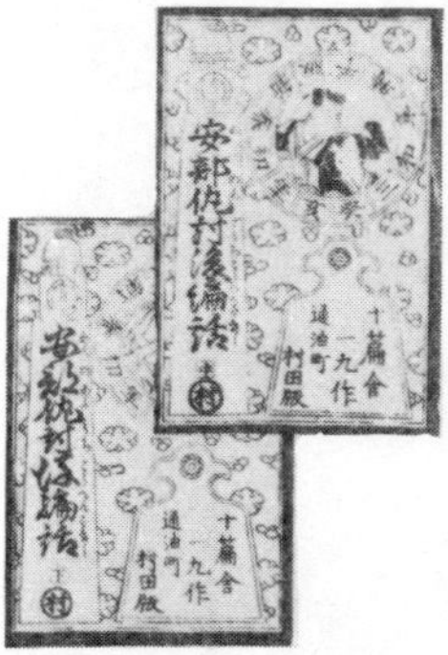
十篇舎
一九作
通油町
村田版

〈下　巻〉	〈中　巻〉	〈上　巻〉
	✤	
	✤	

村田

〈下　巻〉	〈中　巻〉	〈上　巻〉

〈下　巻〉　〈中　巻〉　〈上　巻〉

〈下　巻〉	〈中　巻〉	〈上　巻〉

〈下　巻〉	〈中　巻〉	〈上　巻〉

村田

㊉西宮

（新六、本材木町一丁目）

❖	
❖	
❖	

	〈下　巻〉	〈中　巻〉	〈上　巻〉
西宮			

〈下　巻〉	〈中　巻〉	〈上　巻〉

西宮

西宮

〈下　巻〉	〈中　巻〉	〈上　巻〉

	✤	
	✤	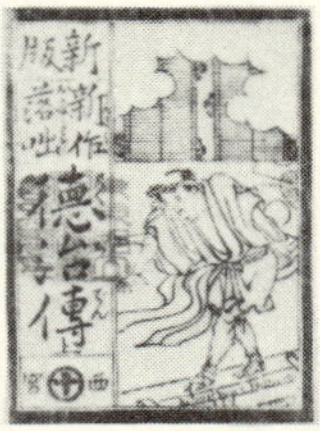

西宮

〈下　巻〉	〈中　巻〉	〈上　巻〉

西宮

〈下　巻〉	〈中　巻〉	〈上　巻〉

〈下　巻〉

〈中　巻〉

〈上　巻〉

〈下　巻〉　〈中　巻〉　〈上　巻〉

西宮

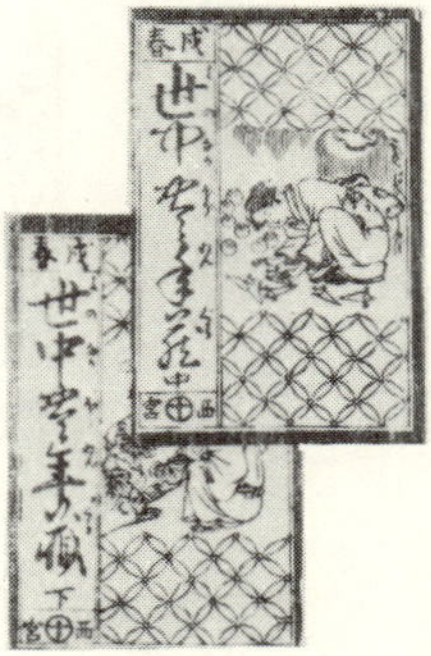

西宮

〈上　巻〉

〈中　巻〉

〈下　巻〉

西宮

〈上　巻〉

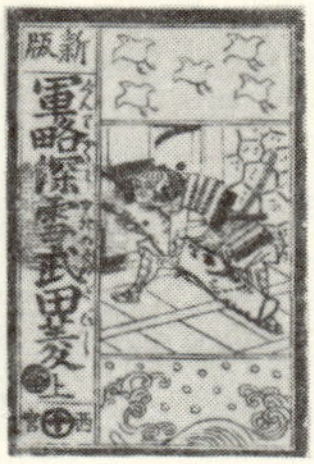

〈中　巻〉

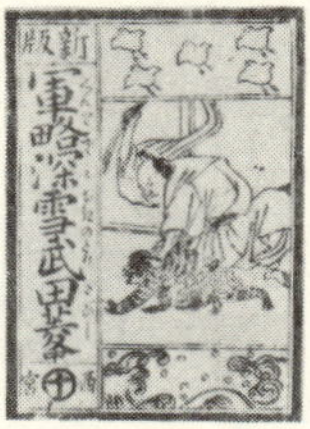

〈下　巻〉

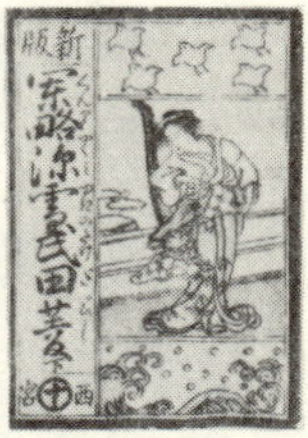

〈下　巻〉　〈中　巻〉　〈上　巻〉

西　宮

西宮

〈上　巻〉	〈中　巻〉	〈下　巻〉
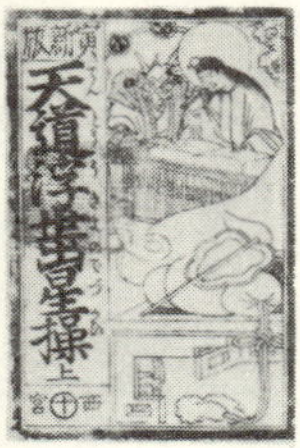	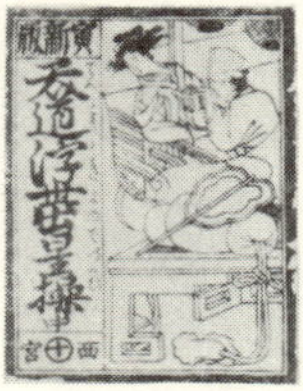	

		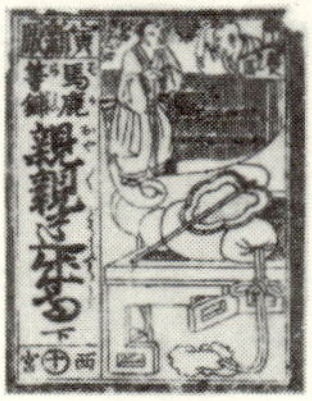

〈上　巻〉

〈中　巻〉

〈下　巻〉

西宮

〈下　巻〉	〈中　巻〉	〈上　巻〉
	✣	
	✣	

〈下　巻〉	〈中　巻〉	〈上　巻〉

西宮

西宮

〈下　巻〉	〈中　巻〉	〈上　巻〉
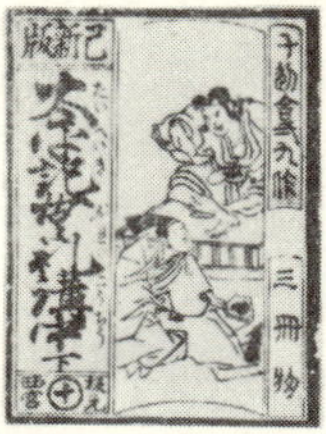		
	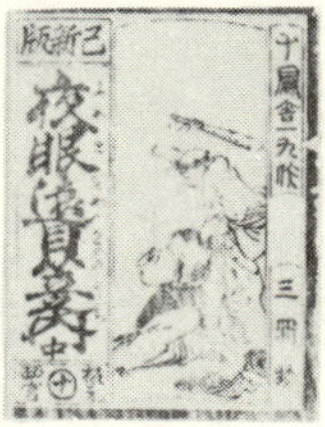	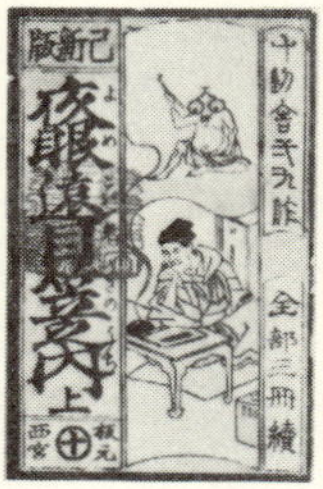
	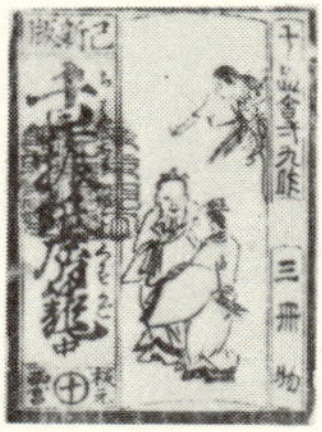	

〈下　巻〉	〈中　巻〉	〈上　巻〉

西・宮

〈下　巻〉	〈中　巻〉	〈上　巻〉
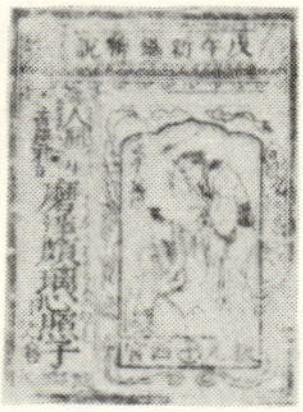		

	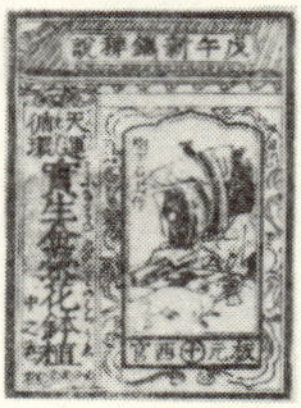	

〈下　巻〉	〈中　巻〉	〈上　巻〉

〈下　巻〉　〈中　巻〉　〈上　巻〉

西宮

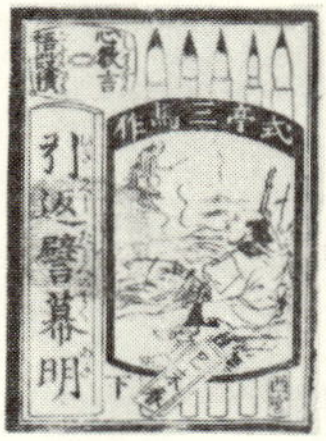

〈上　巻〉

〈中　巻〉

〈下　巻〉

西宮

〈下　巻〉	〈中　巻〉	〈上　巻〉
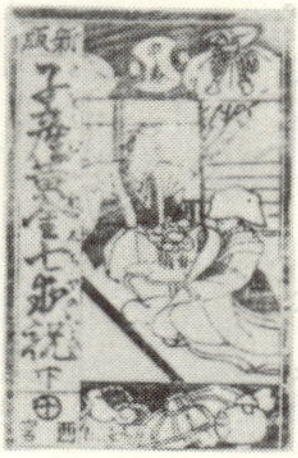	❖	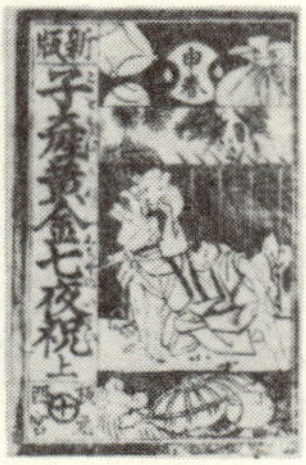

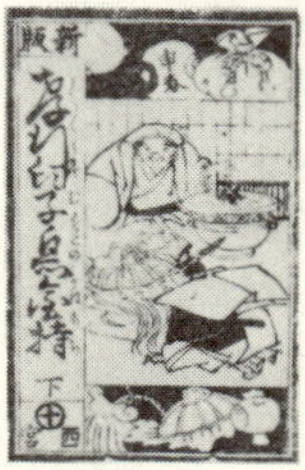		

〈上　巻〉　〈中　巻〉　〈下　巻〉

西宮

〈下　巻〉	〈中　巻〉	〈上　巻〉

〈下　巻〉	〈中　巻〉	〈上　巻〉

西宮

西宮

〈下　巻〉	〈中　巻〉	〈上　巻〉
	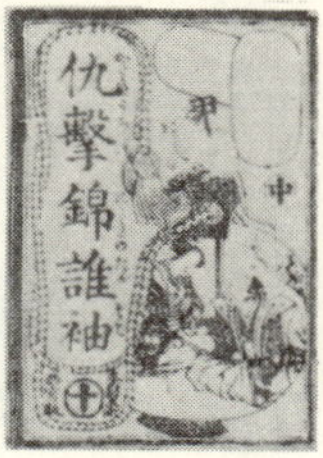	

〈下　巻〉　〈中　巻〉　〈上　巻〉

西宮

奥村

（源六、通塩町）

奥村

〈下　巻〉	〈中　巻〉	〈上　巻〉

	✣	
	✣	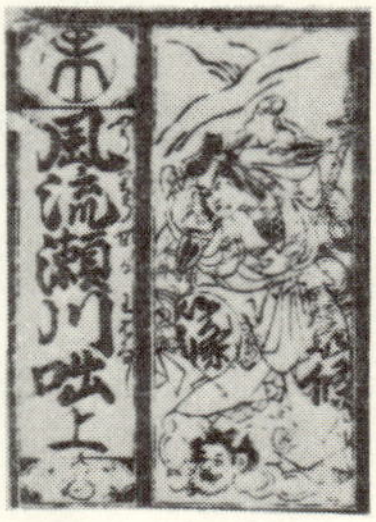

〈下　巻〉	〈中　巻〉	〈上　巻〉

〈下　巻〉　〈中　巻〉　〈上　巻〉

奥村

安永六年（1777）丁酉●

〈下　巻〉	〈中　巻〉	〈上　巻〉

		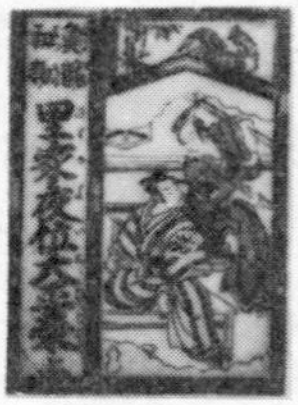
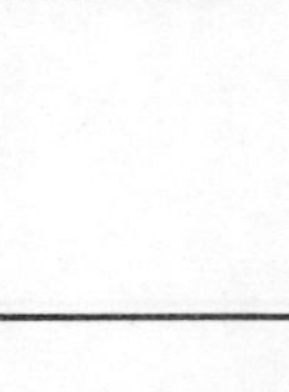		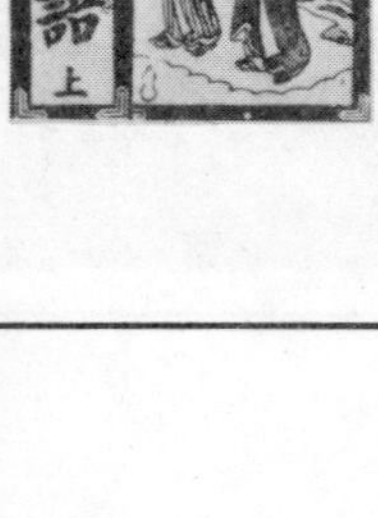

奥村

〈下　巻〉	〈中　巻〉	〈上　巻〉

〈下　巻〉	〈中　巻〉	〈上　巻〉

	✤	

奥村

奥村

〈下　巻〉	〈中　巻〉	〈上　巻〉
		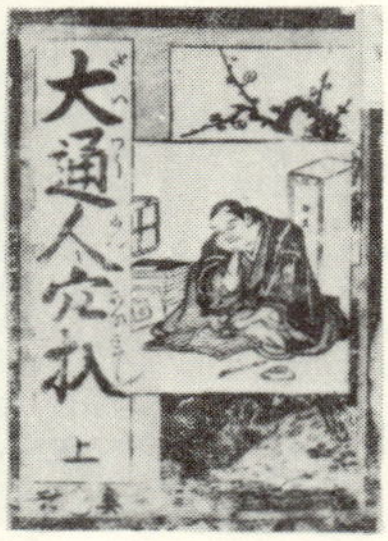
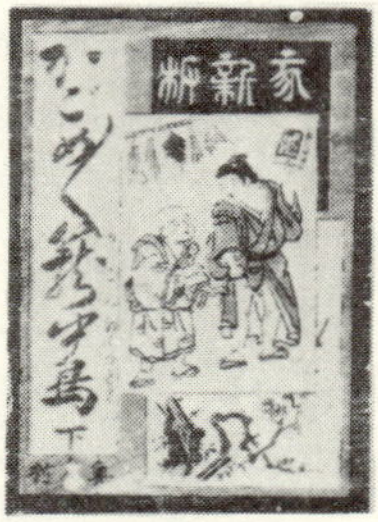		
	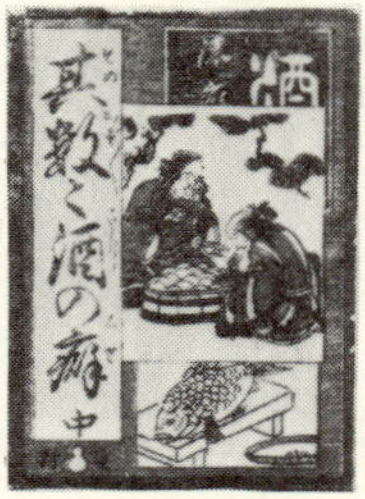	

〈下　巻〉　〈中　巻〉　〈上　巻〉

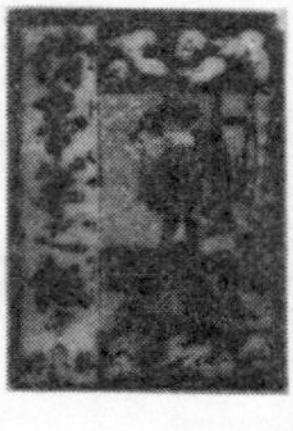

奥村

奥村

〈下　巻〉	〈中　巻〉	〈上　巻〉

〈下　巻〉　〈中　巻〉　〈上　巻〉

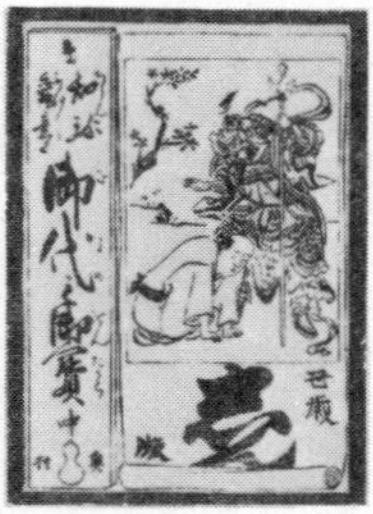

奥村

〈下　巻〉	〈中　巻〉	〈上　巻〉
	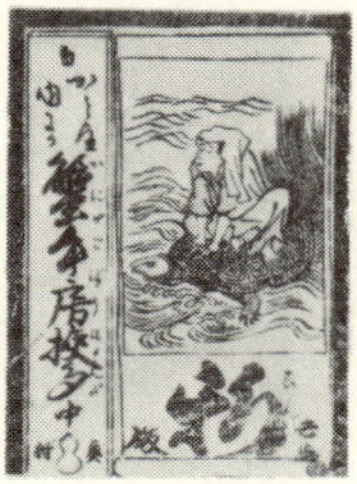	

〈下　巻〉　〈中　巻〉　〈上　巻〉

〈下　巻〉	〈中　巻〉	〈上　巻〉

〈下　巻〉　〈中　巻〉　〈上　巻〉

〈上　巻〉

〈中　巻〉

✥

〈下　巻〉

〈上　巻〉

〈中　巻〉

✥

〈下　巻〉

〈上　巻〉

〈下　巻〉

〈下　巻〉	〈中　巻〉	〈上　巻〉
	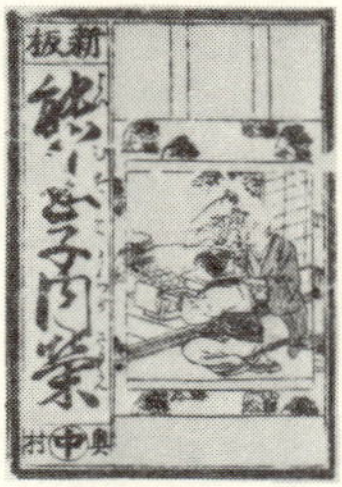	

〈下　巻〉　〈中　巻〉　〈上　巻〉

奥村

〈下　巻〉	〈中　巻〉	〈上　巻〉
	✣	
	✣	

奥村

〈下　巻〉	〈中　巻〉	〈上　巻〉

奥村

〈下　巻〉	〈中　巻〉	〈上　巻〉

〈下　巻〉	〈中　巻〉	〈上　巻〉

奥村

松村（弥兵衛、通油町）

松村

〈下　巻〉　〈中　巻〉　〈上　巻〉

〈下　巻〉　〈中　巻〉　〈上　巻〉

松村

〈下　巻〉	〈中　巻〉	〈上　巻〉

松村

〈上　巻〉

〈中　巻〉

〈下　巻〉

松村

〈下　巻〉	〈中　巻〉	〈上　巻〉
祝昆布 君と松前 下	✣	祝昆布 君と松前 上
三保崎 鯉膏薬 下	✣	三保崎 鯉膏薬 上
持遊 太平記 下	✣	持遊 太平記 上

〈下　巻〉	〈中　巻〉	〈上　巻〉
	✣	
	✣	

松村

〈下　巻〉	〈中　巻〉	〈上　巻〉

〈下　巻〉　〈中　巻〉　〈上　巻〉

松村

松村

〈上　巻〉　〈中　巻〉　〈下　巻〉

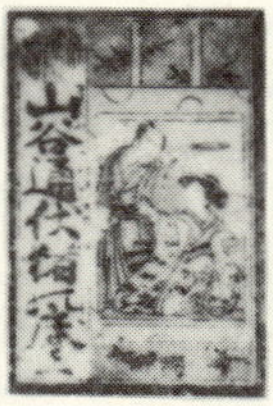

〈下　巻〉	〈中　巻〉	〈上　巻〉

	✣	
	✣	

松村

〈下　巻〉	〈中　巻〉	〈上　巻〉

〈下　巻〉　〈中　巻〉　〈上　巻〉

松　村

〈下　巻〉	〈中　巻〉	〈上　巻〉

〈下　巻〉　〈中　巻〉　〈上　巻〉

松村

〈下　巻〉	〈中　巻〉	〈上　巻〉

〈下　巻〉	〈中　巻〉	〈上　巻〉

松村

	〈下巻〉	〈中巻〉	〈上巻〉
松村		押懸龍宮繪卷	押懸龍宮繪卷
			唐乃噺
	二人孝り	二人孝行	

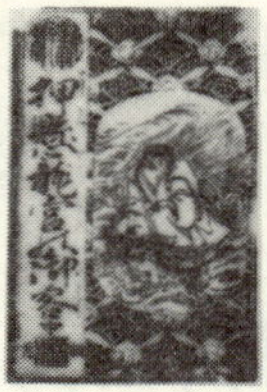

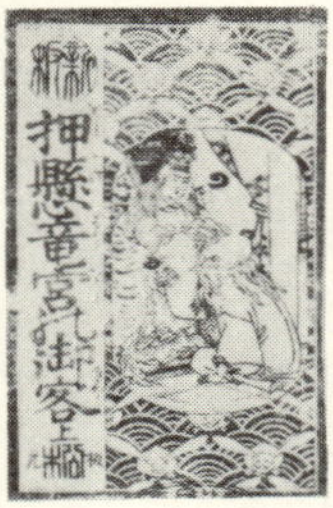

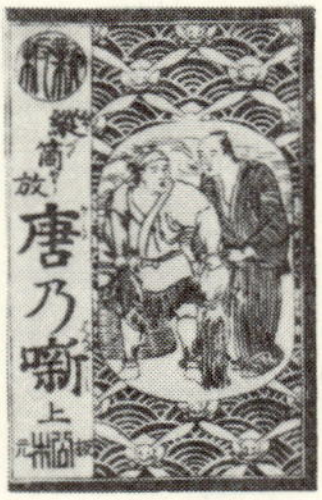

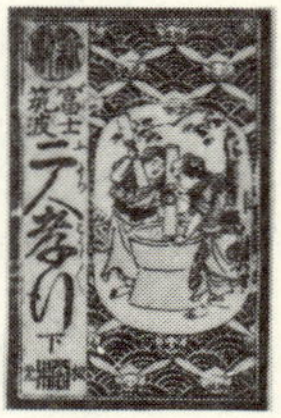

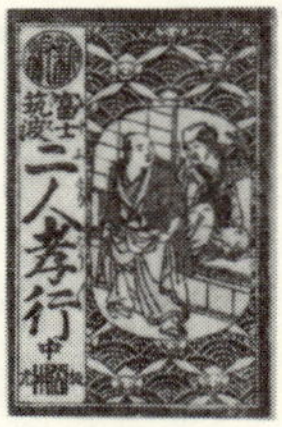

〈下　巻〉　〈中　巻〉　〈上　巻〉

〈下　巻〉	〈中　巻〉	〈上　巻〉
	✣	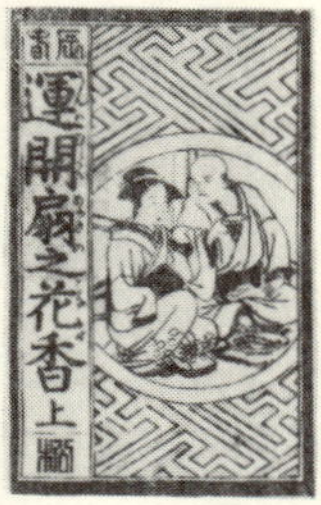
	✣	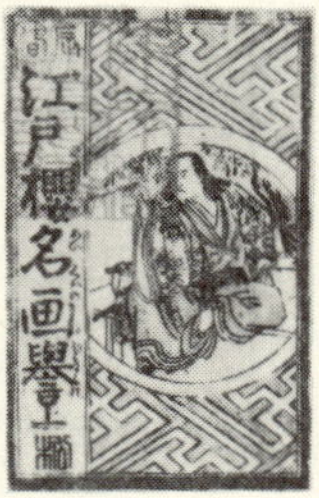
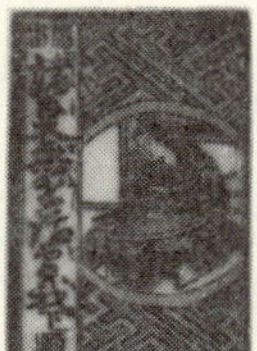	✣	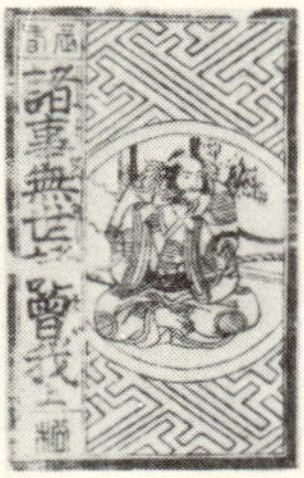

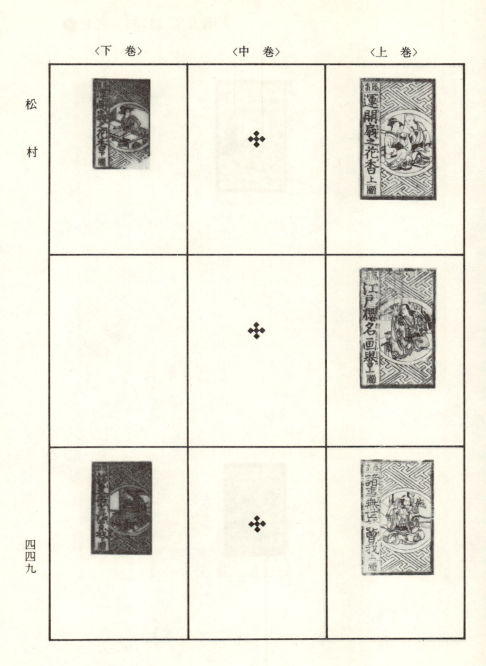

〈下　巻〉	〈中　巻〉	〈上　巻〉

松村

松村

〈下　巻〉	〈中　巻〉	〈上　巻〉
	✣	

	✣	

その他

山口屋（忠右衛門、馬喰町三丁目）

秩父屋（浅草茅町）

大和田（安右衛門、大伝馬町二丁目）

丸小（丸屋小兵衛、通油町）

宝屋（大吉、浅草茅町）

伊勢幸（橋町三丁目）

よしや（太兵衛、馬喰町一丁目）

ふじ白屋（通鍋町）

岸田屋

玉屋

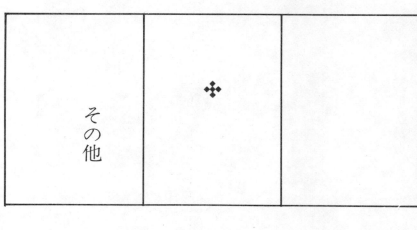

山口屋

〈下　巻〉	〈中　巻〉	〈上　巻〉

〈上　巻〉

〈中　巻〉

〈下　巻〉

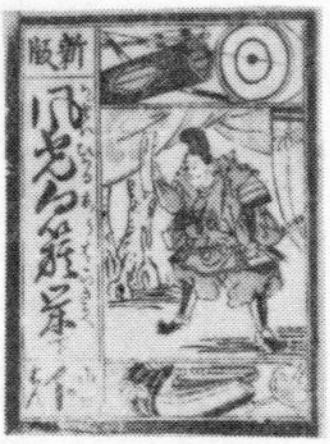

山口屋

山口屋

〈下　巻〉	〈中　巻〉	〈上　巻〉

〈下　巻〉	〈中　巻〉	〈上　巻〉
庚申 昔男意氣成平 下		昔男意氣成平 上
庚申 新版 心學羊蹄汁 下 一九作		庚申 新版 心學羊蹄汁 上 一九作
庚申 新版 花見話虱盛衰記 下 馬琴作	庚申 新版 花見話虱盛衰記 中 馬琴作	新版 花見話虱盛衰記 上

山口屋

〈下　巻〉	〈中　巻〉	〈上　巻〉

山口屋

〈下　巻〉　〈中　巻〉　〈上　巻〉

山口屋

〈下　巻〉	〈中　巻〉	〈上　巻〉

山口屋

〈下　巻〉	〈中　巻〉	〈上　巻〉
	❖	

	❖	

山口屋

<table>
<tr><th>〈下　巻〉</th><th>〈中　巻〉</th><th>〈上　巻〉</th></tr>
<tr><td></td><td></td><td></td></tr>
<tr><td></td><td>✣</td><td>
</td></tr>
<tr><td></td><td>✣</td><td>
</td></tr>
</table>

山口屋

〈下　巻〉	〈中　巻〉	〈上　巻〉

	〈下　巻〉	〈中　巻〉	〈上　巻〉
山口屋			

〈下　巻〉	〈中　巻〉	〈上　巻〉

	✣	
	✣	

秩父屋

〈下　巻〉	〈中　巻〉	〈上　巻〉

	❖	

〈上　巻〉　〈中　巻〉　〈下　巻〉

秩父屋

〈下 巻〉	〈中 巻〉	〈上 巻〉
	✣	
	✣	

秩父屋

〈下　巻〉　〈中　巻〉　〈上　巻〉

新版
有職鎌倉山
上
浅草
茅町

新版
有職鎌倉山
中
浅草
茅町

新版
下
浅草
茅町

新版
将門冠初雪
上
浅草

新版
将門冠初雪
中
浅草
茅町

新版
冠初雪
下
浅草
茅町

新版
紀友勢入船
上
浅草
茅町
新版
紀友勢入船
下
浅草
茅町

秩父屋

〈上　巻〉

〈中　巻〉

〈下　巻〉

秩父屋

〈下　巻〉	〈中　巻〉	〈上　巻〉

大和田

〈上　巻〉

〈中　巻〉

✣

✣

〈下　巻〉

〈下　巻〉	〈中　巻〉	〈上　巻〉

大和田

〈下　巻〉　〈中　巻〉　〈上　巻〉

〈下　巻〉	〈中　巻〉	〈上　巻〉

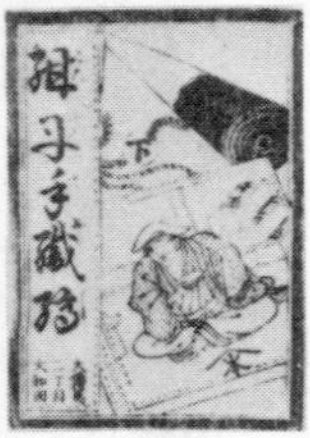		

大和田

丸小

〈下　巻〉	〈中　巻〉	〈上　巻〉
	✣	

丸小

〈下　巻〉	〈中　巻〉	〈上　巻〉
	✣	
	✣	

丸小

〈下　巻〉	〈中　巻〉	〈上　巻〉
	❖	

〈上　巻〉

〈中　巻〉

〈下　巻〉

丸小

〈下　巻〉	〈中　巻〉	〈上　巻〉

〈下　巻〉	〈中　巻〉	〈上　巻〉

宝屋

宝屋

〈下巻〉　〈中巻〉　〈上巻〉

〈下　巻〉　〈中　巻〉　〈上　巻〉

✣

✣

〈下　巻〉	〈中　巻〉	〈上　巻〉

〈下　巻〉	〈中　巻〉	〈上　巻〉	
	✤	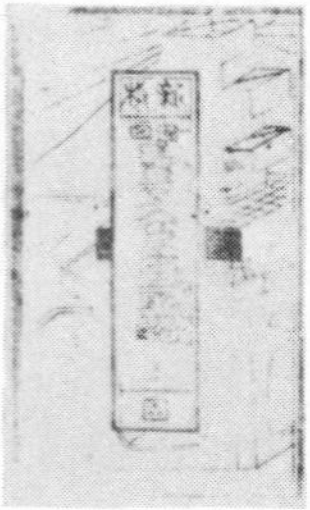	伊勢幸
	✤		
	✤		

よしや

〈下　巻〉　〈中　巻〉　〈上　巻〉

〈下　巻〉	〈中　巻〉	〈上　巻〉

ふじ白屋

〈上　巻〉

〈中　巻〉

〈下　巻〉

〈下　巻〉　〈中　巻〉　〈上　巻〉

岸田屋

玉屋

〈下　巻〉	〈中　巻〉	〈上　巻〉
	❖	

板元別 年度別 黄表紙出板一覧表

年号＼板元	鱗形屋	鶴屋	蔦屋	西村	伊勢治	榎本	岩戸屋	泉市	村田	西宮	奥村	松村	山口屋	秩父屋	大和田	丸小	宝屋	伊勢幸	よしや	ふじ白屋	岸田屋	(参考)玉屋
安永 4年	○	○		○	○					○	○	○										
同 5年	○	○		○	○				○		○	○						○				
同 6年	○	○		○	○				○		○	○				○						
同 7年	○	○		○	○		○		○		○	○				○			○			
同 8年	○	○		○	○		○		○		○	○										
同 9年		○	○	○	○		○		○		○	○				○						
天明 元年		○	○	○	○		○		○		○	○									○	
同 2年	○	○	○	○	○		○		○	○	○	○				○						
同 3年	○	○	○	○	○		○		○		○	○										
同 4年	○	○	○	○	○		○		○		○	○						○				
同 5年		○	○	○	○						○	○										
同 6年		○	○	○	○	○					○	○										
同 7年		○	○	○	○	○				○												
同 8年	○	○	○	○	○	○	○		○	○												
寛政 元年		○	○	○	○	○			○	○				○	○							
同 2年		○	○	○	○	○			○	○				○	○							
同 3年		○	○	○	○	○		○	○	○				○						○		
同 4年		○	○	○	○			○	○	○				○								○
同 5年		○	○	○	○	○		○	○	○				○	○							
同 6年		○	○	○		○		○	○	○												
同 7年		○	○	○		○		○	○	○												
同 8年		○	○	○		○	○	○	○	○												
同 9年		○	○	○		○	○	○	○	○												
同 10年		○	○	○		○	○	○	○	○			○				○					
同 11年		○	○	○		○	○	○	○	○			○									
同 12年		○	○	○		○	○	○	○	○			○									
享和 元年		○	○	○		○	○	○	○	○			○									
同 2年		○	○	○		○	○	○	○	○			○									
同 3年		○	○	○		○	○	○	○	○			○									
文化 元年		○	○	○		○	○	○	○	○			○									
同 2年		○	○	○		○	○	○	○				○									
同 3年		○	○	○		○	○	○	○	○			○									

1. ○印は、今回黄表紙の出板が確認され、作品を収録した年を示す。（点数の多寡は不問）
2. 空欄は、出板されていないか、出板が確認されていない年を示す。
3. 玉屋は香具屋。景物として配ったもの。

編者略歴

浜《はま》田《だ》義《ぎ》一郎《いちろう》

明治40年　東京都生

昭和７年　東京大学卒

現　　在　大妻女子大学教授

主　　著　『蜀山人』『大田南畝』『江戸川柳辞典』

　　　　　『日本小咄集成』『川柳狂歌集』他

板元別
年代順 黄表紙絵題簽集　書誌書目シリーズ⑧

昭和54年４月23日　発行　定価　12,000円

編　者　浜田義一郎

発行者　加藤祥二

発行所　ゆまに書房

東京都千代田区内神田１－12－11　山京ビル

TEL　03（292）0798

振替東京　4－63160

印刷／(株)平河工業社・製本／(有)今泉誠文社

書 名 索 引

1,書名をもって項目名とし、項目名の排列は書名のよみの五十音順である。
2,書名のよみは原本のふりがなに従い、表記は現代かなづかいによる。但し、冠称・角書は省略した。
3,原本によみのふりがなのないもの、あるいは判読不能のものは『改訂日本小説書目年表』(ゆまに書房)及び『国書総目録』(岩波書店刊)のよみに従つた。
4;項目の附載事項は前者が編著者名であり、後者が画工名である。
5,編著者名及び画工名は『改訂日本小説書目年表』に従った。但し、不明のものは一を使用して省略した。

〔あ〕

ああいさましよにんよいち 31下
柳川桂子・鳥居清経
ああしんきろう 473下
一橋山人・蘭徳斎
(前編) あおあらしやなぎのしたかげ 465中
十返舎一九・自画
あくしちへんめかげきよ 109中
山東京伝・北尾政演
あくぬきしょうじきそが 18下
恋川春町・自画
あくればはなのはるとけしたり 194上
内新好・喜多川歌麿
あげやまちだてなとうふや 321中
恋川好町・歌川豊国
あさがおひめ 159上
一・鳥居清経
あさひえんぎなすののおもかげ 31上
朋誠堂喜三二・恋川春町
あさひなおひげのちり 185上
桜川慈悲成・勝川春朗
あさひなからこあそび 163中
伊庭可笑・鳥居清長
あさひなしまわたり 155上
一・富川吟雪
あさひなちゃばんそが 182下
桜川慈悲成・歌川豊国
あさひのでおさなげんじ 362上
一・勝川春英
あしがらやまこもちやまうば 207中
一・鳥居清経
あしでがきそうしのえくばり 76中
曲亭馬琴・北尾重政
あたいせんきんえいがのゆめ 300上

十返舎一九・自画
あだかたききぬたのうちで　308下
南杣笑楚満人・歌川豊広
あだくらべゆめのうきはし　158下
—・—
あだなぐさだてをしたや　39下
南陀伽紫蘭・北尾政演
あたりやしたじほんどいや　372中
十返舎一九・自画
あつぱれうめはもののふ　23中
—・鳥居清経
あづまかいどうおんなかたきうち　397中
式亭三馬・歌川豊国
あてづっぽうからのはなし　447中
市場通笑・鳥居清長
あとめろんうそのじつろく　228上
岸田杜芳・北尾政演
あなかしこきつねのえんぐみ　368中
十返舎一九・自画
あなでほんつうじんぐら　15上
朋誠堂喜三二・恋川春町
あねはにじゅいちいもとのこいむこ　285上
伊庭可笑・鳥居清長
（前編）あべがわかたきうち　373中
十返舎一九・一楽亭栄水
あべのあだうちこうへんばなし　373下
十返舎一九・一楽亭栄水
あべのせいべえいちだいはつけ　68上
曲亭馬琴・北尾重政
あべのむねとうみどりのせつぶん　211下
—・—
あまいかなみょうりおろし　73上
山東京伝・北尾重政
あみだいじだいひかえだま　99下
宇三太・北尾重政
あめわかみこ　158上
—・鳥居清経
あめをかったらたこやろうばなし　75下
曲亭馬琴・北尾重政
あやまったかひのもとのいさおし　101中
朋誠堂喜三二・北尾重政
（前編）あらしやまはなのあだうち　312下
十返舎一九・歌川豊広
ありがたいつうのいちじ　443上
是和斎・勝川春朗
ありどうしのほんじ　159中
—・鳥居清経
あわのくにさとみかっせん　16中
—・—
あんえいしちろういぬふくちょう　14中
物愚斎於連・蘭徳斎春童

〔い〕

（後編）いかづちたろうごうあくものがたり　406中
式亭三馬・歌川豊国
いきちよんものがたり　95下
—・—
いくちよにじゅうしご　451下
市場通笑・北尾重政
いこくばりちえのつやだし　238下
桜川慈悲成・歌川豊国
いしかわむらごえもんもの

がたり 411上
—・富川吟雪
いしのうえにもさんすけがしんぼう 388上
樹下石上・自画
いずにっきあさひげんじ 276下
南杣笑楚満人・勝川春亭
いずものさらやしき 19中
宮村杏李・勝川春道
いちかわさんしょうえん 221中
岸田杜芳・北尾政演
いちのたにふたばぐんき 356中
—・勝川春英
いちのとみけんとくのゆめ 441上
—・北尾政演
いちみやげおたふくのかみ 390中
樹下石上・自画
いちようらいふくちょう 367中
十返舎一九・自画
いちりゅうまんきんたん 97中
朋誠堂喜三二・北尾政演
いっこくあたいまんりょうかいしゅん 150下
山東京伝・北尾重政
いっしょうとくべえみつのでん 440上
—・—
いっしょうはいるふくべがさいわい 256中
山東京伝・北尾政演
いっしんどてのもみじ 317下
—・勝川春常
いっぴゃくさんじょういもじごく 474上
山東京伝・北尾政演
いつものかたまちがいそが 100上
朋誠堂喜三二・北尾重政
いとざくらほんちょうそだち 156中
—・鳥居清長
いまはむかしえんぎのはくりょう 240上
桜川慈悲成・歌川豊国
いまはむかしきつねのよばなし 267上
十返舎一九・自画
いまやひらくはなのみとばり 168中
—・北尾政美
いまようおんなかげきよ 25上
柳川桂子・鳥居清経
いまようきけんじょう 440下
—・鳥居清長
いまわたりからおりそが 175中
恋川ゆき町・北尾政美
いもたろうへにっきばなし 13中
恋川春町・自画
いものよのなか 256下
新江・鳥文斎栄之
いやたかきはなのみやこ 249下
郁杏李・蘭徳斎
いりょういびきぐさ 461下
曼亭鬼武・十返舎一九
いろあげねずみのよめいり 371上
十返舎一九・栄松斎長喜
いろおとこそこでもここでも
万象亭・鳥居清長 47中
いろおとこたぬきのきんぱく 306下
十返舎一九・自画
いろげだいうわきびょうし 308上
ゐい女・十返舎一九
いろはたんか 305上

十返舎一九・自画
いろはたんか　353下
一・北尾政美
いろもようさんにんむすめ　413中
一・鳥居清長
いわいづきねずみのよめいり　197中
十返舎一九・樹下石上
いわいますふくじゅそう　289中
伊庭可笑・北尾政演
（後編）いわまのほまれぎ　195上
南杣笑楚満人・歌川豊広
いんちゅうはちにんまえ　439上
市場通笑・鳥居清長

〔う〕

うえだぞめきはちじょう　157上
幾久・鳥居清経
うきよおごりのはんがん　215上
呉増左・鳥居清経
うきよのうわさおんなかたきうち　7中
米山鼎峨・鳥居清満
うきよのさじかげん　130中
一・一
うきよのゆめ　168上
豊里舟・鳥居清長
うすげしょうしちにんびじょ　214下
一・鳥居清満
うずらのしろびょうし　219上
伊庭可笑・北尾政演
うそがまことかおなじきょうだい　293下
一・一
うそしっかりがんとりちょう　102上
奈蒔野馬乎人・忍岡歌麿
うそでなしはこねのさき　236中
七珍万宝・歌川豊国
うそのたいぼく　191上
桜川慈悲成・歌川豊国
うそはっぴゃくまんぱちでん　96下
四方屋本太郎・鳥居清経
うたのとくすずめのこうみょう　296上
宝倉主・歌川豊国
うたのばけものいちじさいこう　361上
一・勝川春英
うちあてたこづちのほんもう　405下
赤城山家女・盈斎北岱
うちたてまつるふだしょのちかい　148上
曲亭馬琴校閲・喜多川月麿
うちべんけいかんにんちょう　184上
桜川慈悲成・歌川豊国
うったりかったりおやおやどうしょうのう　44下
一・北尾政美
うのはながさねおうしゅうかっせん　30下
柳川桂子・鳥居清経
うまいしゅこうたなのぼたもち　391中
樹下石上・北尾政美
うらおもてこころのぬけろじ　462中
十返舎一九・自画
うらやさんみとうしざしき　82上
山東京伝・北尾重政
うんしだいいずものえんぐ

み　331中
十返舎一九・自画
うんつくたろうざえもんばなし　218下
―・北尾政演
うんはひらくおうぎのはな　98下
朋誠堂喜三二・北尾政演
うんはひらくおうぎのはな　449上
―・勝川春朗
うんはひらくだいこくがさ　368上
十返舎一九・自画

〔え〕

えいやっといっくがさく　307上
十返舎一九・自画
えぞわたりよしつねじっき　20下
宮村杏李・勝川春道
えどうまれうわきのかばやき　108上
山東京伝・北尾政演
えどうまれうわきのかばやき　150上
山東京伝・北尾政演
えどざくらめいがのほまれ　449中
―・勝川春英
えどじまんめいさんづえ　147中
山東京伝・歌川豊国
えどすなごむすめかたきうち　85上
山東京伝・北尾重政
えどのはなやくしゃひいき　385中
けいこふ・北尾政美
えとのはるいちやせんりょう　110中
山東京伝・北尾政演
えのことはしろうときょうげん　371中
十返舎一九・自画
えほんあほうぶくろ　183中
桜川慈悲成・歌川豊国
えほんさんじゅうろくきん　70上
恋川吉町・自画
えほんむしゃおうぎ　349中
―・―
えんじゅはんごんたん　256上
山東京伝・北尾政演
えんどうふじばかま　409上
柳川桂子・鳥居清経
えんどうむちゃもりとうばなし　275中
南杣笑楚満人・歌川豊国
えんなるかなおんなせんにん　51上
山東京伝・北尾政美
えんむすびちよのこだから　304下
鈍々亭和樽・子興

〔お〕

おいえのひげたいまつ　227下
南杣笑楚満人・北尾重政
おうしゅうはなし　163上
伊庭可笑・鳥居清長
おうみはっけい　162中
松壺堂・北川豊章
おうむがえしぶんぶのふたみち　115中
恋川春町・北尾政美
おえどのはな　160下
―・鳥居清長
おおえやまいくののみちゆき　272上
十返舎一九・自画
おおえやまにごのさかえ　230上
飛田琴太・古阿三蝶

おおくらいじゅみょうのため　422上
市場通笑・北尾政美
おおざっしょかきぬきえんぐみ　137下
曲亭馬琴・北尾重政
おおじかけさんがいそが　472上
鹿杖山人・歌川豊国
おおしょうしうわきのかねいり　237上
七珍万宝・歌川豊国
おおちがいたからぶね　35下
芝全交・北尾重政
おおつのめいぶつ　287下
伊庭可笑・北尾政演
おおどうぐしゃちでまくなし　320上
東来三和・歌川豊国
おおむかしやぼなじぶん　425下
市場通笑・北尾政美
おおやまとちえのおやだま　225中
古阿三蝶・自画
おかしばなしおへそのちゃ　216下
臍下辺人・北尾政演
おがみんすにおうさん　52上
芝全交・北尾政美
おぐらやましぐれのちんせつ　255中
山東京伝・北尾政演
おさきのくせへたのよこずき　446上
伊庭可笑・北尾政美
おさなばなししたきりすずめ　203中
—・—
おしえどりあほうのこうみょう　67下
曲亭馬琴・北尾重政
おしかけりゅうぐうのおきゃく　447上
三越乳堂百川・古面堂未通
おしのつわものなんでもはちもん　186下
桜川慈悲成・歌川豊国
おそろかんしんかんにんぶくろ　242下
見得坊・歌川豊国
おっかぶせもろなおかいちょう　267中
十返舎一九・自画
おつなこと　44上
二水山人・柳々山人郊子
おとぎひゃくものがたり　485上
—・鳥居清経
おとくようかねのわらじ　188中
十返舎一九・自画
おとしだま　112下
万象亭・式上亭柳郊
おなかのよいどうし　286上
女嬪堂・鳥居清長
おにころしこころのつのだる　65上
山東京伝・北尾重政
おにのいわやだいつうばなし　107中
朋誠堂喜三二・喜多川行麿
おにのこだから　218上
—・鳥居清長
おにのしきあそび　187下
—・—
おふねのきちれい　171上
与野東雲斎・北尾政美
おへそでわかしたちゃのみばなし　190上

永寿堂・十返舎一九
おへそのちゃ　171中
—・—
おへそのにばな　115下
莞津喜笑顔・北尾政美
おぼろづきあんざいづつみ　377中
十返舎一九・喜多川月麿
おめでたいへいらく　233上
桜川杜芳・北尾政美
おものずきうすゆきぞめ　215下
呉増左・鳥居清経
おものずきちゃうすげい　424上
市場通笑・勝川春英
おやおやどうじょうじ　391下
竹杖為軽・北尾政美
おやじいやはやがくもん　16下
物愚斎於連・蘭徳斎春童
おやじぬのこをとんびがさらった　417下
市場通笑・鳥居清長
おやのかたきうつつかゆめか　51中
芝全交・式上亭柳郊
おやのかたきうつのみやものがたり　76下
傀儡子・歌川豊国
おやのかたきうつのやまびこ（前編）　202下
南杣笑楚満人・歌川豊国
おやのかたきうてやはらつづみ　8下
朋誠堂喜三二・恋川春町
おやばからしいはなし　306上
十返舎一九・自画
おやゆずりはなのこうみょう　450下
雀声・群馬亭
（前編）おんあいさるのあだうち　309下
虚呂利・歌川豊国
おんあつらえぞめちょうじゅごもん　142上
山東京伝・喜多川歌麿
おんうけあいげさくやすうり　240下
七珍万宝・歌川豊広
おんちゃづけじゅうにいんねん　243上
曲亭馬琴・勝川春英
おんてあそびだるまのしんがく　302上
鈍々亭和樽・子興
おんとみこうぎょうそが　46下
山東鶏告・北尾政演
おんなぎらいのへんなまめおとこ　10下
朋誠堂喜三次・恋川春町
おんなじみはなさきじじい　320中
市場通笑・歌川豊国
おんなまさかどしちにんげしょう　491上
山東京伝・北尾政美
おんねんうじのほたるび　450中
勝川春朗・自画
おんむもじへんくつばなし　170下
—・北尾政美

〔か〕

かいえたりにわこめいちょうずえ　78下
曲亭馬琴・北尾重政
かいせきりょうりのこんだて　266下
望月窓秋輔・北尾政美

かいだんうしみつのかね　203下
素速斎恆成・百斎
かいだんきはちじょう　327下
聞天舎鶴成・歌川豊国
かいだんさよあらし　177中
—・勝川春英
かいだんふではじめ　131下
十返舎一九・自画
かいだんみこしのまつ　366上
十返舎一九・自画
かいだんみやまざくら　298上
十返舎一九・自画
かいだんももんじい　144中
山東京伝・北尾重政
かいちゅうはこいりむすめ　384中
七珍万宝・北尾政美
かいちょうえんぎのさかりば　307中
十返舎一九・自画
かいちょうばなし　190中
十返舎一九・自画
かいつううぬぼれかがみ　384上
山東京伝・北尾政演
かえりざきごにちのはな　438中
北尾政演・自画
かえりざきやえのあだうち　310中
感和亭鬼武・北周
かきあつめあくたのかわかわ　108下
唐来参和・喜多川道麿
かきあつめちどりちょう　357中
恋川ゆき町・北尾政美
かきのたね　351上
—・—
かきまぜてはるのにしきで　235中
雀声・北尾政美
かくちゅうちょうじ　43中
山東京伝・北尾政演
かくめいおさなものがたり　153下
—・—
かげきよとうのねむり　45中
万象亭・北尾政演
かげきよひゃくにんいっしゅ　99中
朋誠堂喜三二・北尾重政
かげとひなたちんもんずい　82中
曲亭馬琴・歌川豊広
かこがわほんぞうこうもく　67中
曲亭馬琴・北尾重政
かごめかごめかごのなかのとり　415中
市場通笑・鳥居清長
かさねがさねめでたいはるまいり　170上
四方山人・勝川春潮
かざみぐさおんなせつよう　139上
曲亭馬琴・北尾重政
かじつしんたかだち　23下
柳川桂子・鳥居清経
かしまかんどりかんにんぶくろ　176上
虚空山人・蘭徳斎
かずさしちびょうえ　9上
—・鳥居清満
かすみのくまはるのあさひな　57下
山東京伝・北尾重政
かぜかおるおんなあだうち　309中
十返舎一九・永艃
かぜはひかるしらはたのさかえ　456下
十返舎一九・自画
かたきうちああこうなるかな　436中
—・鳥居清経

（前編）かたきうちあこやのまつ　86上
曲亭馬琴・歌川豊広
（後編）かたきうちあこやのまつ　86中
曲亭馬琴・歌川豊広
（後編）かたきうちあさひのしもどけ　279下
面徳斎夫成・歌川国長
かたきうちあだたらやま　406上
式亭三馬・歌川豊広
かたきうちあとのまつり　49上
山東京伝・北尾政演
かたきうちあべのくるわ　377下
十返舎一九・喜多川月麿
かたきうちいごにじっかん　262中
桜川慈悲成・歌川豊国
かたきうちいもせおうぎ（前編）　201下
南杣笑楚満人・歌川豊国
かたきうちいわおのまつ　189下
—・蘭徳斎
かたきうちいわまのかじのき　195下
南杣笑楚満人・歌川豊広
かたきうちうおなのつるぎ　219下
市場通笑・北尾政演
かたきうちうききのかめやま　174中
—・北尾政美
かたきうちうばすてやま（前編）　343中
南杣笑楚満人・歌川豊広
かたきうちうばすてやま（後編）　343下
南杣笑楚満人・歌川豊広
かたきうちうめとさくら　166中
豊里舟・鳥居清長
かたきうちうめのつぎほ　333上
南杣笑楚満人・歌川豊広
かたきうちうらみのにしき　338下
南杣笑楚満人・歌川豊広
かたきうちうわばみえのき（前編）　200上
南杣笑楚満人・歌川豊国
かたきうちうわばみえのき（後編）　200中
南杣笑楚満人・歌川豊国
かたきうちえどのめいぶつ　33下
—・—
（前編）かたきうちおいぬがわら　149上
山東京伝・歌川豊国
（後編）かたきうちおいぬがわら　149中
山東京伝・歌川豊国
かたきうちおきつしらなみ　329上
南杣笑楚満人・歌川豊国
かたきうちおそのたわれお　63中
曲亭馬琴・北尾重政
かたきうちおはなたんざく　178中
—・—
（前編）かたきうちおもいのらんぎく　277中
面徳斎夫成・歌川豊広
かたきうちかなえのますらお（前編）　87上
曲亭馬琴・酔放逸人
かたきうちかなえのますらお（後編）　87中
曲亭馬琴・酔放逸人
かたきうちがんりゅうじま　304中
十返舎一九・自画
（前編）かたきうちききょ

うがはら　375中
十返舎一九・歌川豊広
（後編）かたきうちききょうがはら　375下
十返舎一九・歌川豊国
かたきうちぎじょのはなぶさ　322上
南杣笑楚満人・歌川豊国
かたきうちきんしのつめぬい　278中
面徳斎夫成・歌川豊広
かたきうちくらまてんぐ　285下
文渓堂・鳥居清経
かたきうちこうこうぐるま　198上
南杣笑楚満人・歌川豊国
かたきうちごにちばなし　305中
十返舎一九・自画
かたきうちさんじょうぶくろ（前編）　342上
南杣笑楚満人・歌川豊広
（後編）かたきうちさんじょうぶくろ　342中
南杣笑楚満人・歌川豊広
（前編）かたきうちさんにんろうじょ　279上
南杣笑楚満人・歌川豊広
（後編）かたきうちさんにんろうじょ　279中
南杣笑楚満人・歌川豊広
かたきうちしのぶずり　436上
—・鳥居清経
かたきうちしまものがたり（前編）　404上
楓亭猶錦・歌川豊広
かたきうちすみよしもうで　301上
十返舎一九・自画
かたきうちするがのはな　287中
伊庭可笑・北尾政演
かたきうちせっしゅうがっぽうがつじ　276上
十返舎一九・歌川豊国
かたきうちそめわけたづな　220上
伊庭可笑・北尾政美
かたきうちちょうたろうやなぎ　198下
南杣笑楚満人・歌川豊広
かたきうちどうどうめぐり　180中
夜ル道ノ久良記・—
かたきうちなぎのはやま　338中
南杣笑楚満人・歌川豊広
かたきうちなんしのはな　233中
桜川杜芳・北尾政美
かたきうちにしきのたがそで　405上
樹下石上・歌川豊広
かたきうちにんちょうべえ　146下
曲亭馬琴・北尾重政
かたきうちねささのゆき　402下
樹下石上・歌川豊国
かたきうちのみとりまなこ　76上
曲亭馬琴・北尾重政
かたきうちはかまのしょうぶがわ　342下
樹下石上・歌川国長
かたきうちはなのうえの　220下
岸田杜芳・勝春山、国信
かたきうちはるつげどり（前編）　89中
眉寿亭・北尾政美
かたきうちはるつげどり（後編）　89下
眉寿亭・北尾政美
かたきうちはるのたまくら　339上

待名斎今也・歌川豊広
かたきうちびぜんとっくり　462下
馬光仙・舟調
かたきうちふせのりしょうき　334中
南杣笑楚満人・歌川豊国
かたきうちふたつぐるま　89上
山東京伝・北尾重政
かたきうちふたばのまつ　42下
眉寿亭・北尾政美
（前編）かたきうちふたまたがわ　343上
南杣笑楚満人・歌川豊広
（前編）かたきうちまごたろうむし　87下
山東京伝・歌川豊国
（後編）かたきうちまごたろうむし　88上
山東京伝・歌川豊国
かたきうちまつのさかえ　29中
百斎・自画
かたきうちまつのやどりぎ　335中
南杣笑楚満人・歌川豊広
かたきうちみぶじのもちづき　490上
—・鳥居清長
かたきうちやなぎしろべえ（前編）　202上
南杣笑楚満人・歌川豊国
かたきうちやまぶきりゅう　210中
柳川桂子・鳥居清経
かたきうちよずえのたか　372上
十返舎一九・喜多川菊麿
かたきうちりゅうかのていふ　327上
南杣笑楚満人・歌川豊国
かたじけなすび　234上
桜川杜芳・北尾政美
かたたづなちゅうしんぐら　77上
山東京伝・北尾重政
かたたづなちゅうしんぐら　92上
山東京伝・北尾重政
かたみうちたりきのやきつぎ（後編）　312中
竹塚東子・北周
かっぱのしりこだま　300中
十返舎一九・自画
かつらがわうわなりばなし　487中
—・—
かないあんぜんねずみのやまいり　365中
十返舎一九・自画
かなさわやじろうかいこくきだん　464下
感和亭鬼武・葛飾北周
かなてほんふつうじんぐら　175上
桜川杜芳・北尾政演
かなでほんむねのかがみ　138中
山東京伝・歌川豊国
かなでほんようじんぐら　137上
唐来参和・子興
かなぶんしょうおんなちゅうしん　188上
十返舎一九・自画
かにがごぼうはさんだ　419上
市場通笑・鳥居清長
かねがふるほうねんみつぎ　306中
白銀台一丸・子興
かねがみかたしんだいなおし　273中
十返舎一九・自画
かねのなるきえいがのはちうえ　341下
樹下石上・歌川豊国

かねのなるきつぎほのこだから　399上
樹下石上・歌川豊国
かねのなるきむすこ　464上
十返舎一九・自画
かねはわきものみずのえのとし　37上
芝全交・北尾重政
かぶりことばななつめのえとき　117中
唐来三和・喜多川歌麿
かべとみたほそみのおたち　46中
蓬来山人帰橋・北尾政美
かほうはねものがたり　337中
福亭三笑・歌川豊広
かまくらかいどうおんなかたきうち　404下
樹下石上・歌川豊広
かまくらたいへいのいとぐち　20上
恋川春町・自画
かまくらつうしんでん　37下
魚仏・勝川春朗
かまくらとんだいき　183上
桜川慈悲成・歌川豊国
かまくらやまもみじのうきな　217中
文溪堂・鳥居清長
かまくらやまりょうりこんだて　241中
七珍万宝・勝川春英
かまどしょうぐんかんりゃくのまき　140中
時太郎可候・自画
かみでほんつうじんぐら　173中
里山・北尾政美
からかさのはじまり　295下
蘭徳・勝川春童
からくりきょうげん　373上
栄邑堂邑二・栄松斎長喜
からすのぎょうずいことわざぐさ　419中
市場通笑・鳥居清長
からでほんとうじんぐら　64上
築地善交・北尾重政
かるかやすみぞめにっき　261上
南杣笑楚満人・勝川春英
かれきのはなさくしゃのせいがん　260中
七珍万宝・歌川豊国
かれきのはなだいひのりやく　79上
山東京伝・歌川豊国
かわりせんつうようすごろく　297中
十返舎一九・自画
がんくつしゅっせばなし　338上
南杣笑楚満人・歌川豊広
かんぜんふくらすずめ　475下
録山人信普・北尾政美
かんだのよきちいちだいばなし　414上
一・鳥居清長
かんにんごりょうこがねのことのは　64中
曲亭馬琴・北尾重政
かんにんぶくろおじめのぜんだま　125下
山東京伝・北尾重政
がんほどきあづきもち　446下
市場通笑・北尾政美
かんようきゅうつうのやくそく　486中
一・勝川春朗

がんりやすうりのこぎりあ
きない　107下
恋川好町・千代女

〔き〕

きくじゅのさかづき　352中
伊庭可笑・北尾政美
きさんじんいえのばけもの　111上
朋誠堂喜三二・北尾重政
ぎしのひつりょく　49中
山東京伝・北尾政てる
きじもなかずわ　115上
山東京伝・北尾政美
きそかいどうふたりよしな
か　211中
―・鳥居清経
きついうそしまものがたり　229上
信鮒・旭光
きにたけごたまぜぐんだん　24中
―・富川吟雪
きのえねまちざしききょう
げん　349上
―・鳥居清経
きのきいたばけものがたり　465下
十返舎一九・自画
きびのよいにっぽんのちえ　41上
恋川春町・自画
きみょうちょうらいこだね
のしゃくじょう　129下
十返舎一九・自画
きみをまつまえ　435上
―・鳥居清経
きゃんたいへいきむかうは
ちまき　400上
式亭三馬・歌川豊国
きゆうがきそうし　103上
婦人亀遊・喜多川歌麿
ぎょいしだいあさぎのいろ
ごと　468中
二世朋誠堂喜三二・桜川文橋
きょうがのこむすめどじょ
うじる　316上
芝全交・歌川豊国
きょうくんあとのまつりの
ばんづけ　75中
曲亭馬琴・北尾重政
きょうくんかのまじない　445中
市場通笑・北尾政演
きょうげんすえひろのさか
え　113中
山東京伝・喜多川歌麿
きょうげんすきやぼだいみょ
う　224中
岸田杜芳・北尾政美
きょうでんうきよのえいざ
め　280上
山東京伝・亀毛
きょうでんうきよのえいざ
め　475上
山東京伝・亀毛
きょうでんすじゅうろくり
かん　71中
山東京伝・北尾重政
きょくていいっぷうきょう
でんばり　141下
曲亭馬琴・北尾重政
きょくていぞうほまんぱち
でん　63上
曲亭馬琴・北尾重政
きよもりにゅうどうかんら
くのにっき　350上
―・―
きるなのねからかねのなる
き　107上

唐来参和・千代女
きんきさんたからのあないご 403上
樹下石上・桜春橋
きんきんきんぴら 479上
一竹斎達竹・自画
きんきんせんせいえいがのゆめ 3上
恋川春町・自画
きんきんせんせいぞうかのゆめ 127上
山東京伝・北尾重政
きんざんじだいこくでんき 18中
恋川春町・自画
（後編）きんしのつめぬい 278下
面徳斎夫成・歌川豊広
きんじょうすいほりぬきいど 366中
十返舎一九・自画
きんせかいそろいのいろあげ 272中
沈酔中美明・子興
ぎんせかいほうねんはちのき 161中
物愚斎於連・闇牛斎秋童
きんひらいこくめぐり 284下
呉増左・鳥居清経
きんひらこどもあそび 106下
四方赤良・千代女

〔く〕

くがいじゅうねんいろじごく 55中
山東京伝・鳥居清長
くぎのおれにどめのきよがき 251上
岸田杜芳・北尾政演
くさきもなびくひりくらのさかえ 178上
錦森堂軒東・勝川春朗
くさぞうしこじつけねんだいき 403中
式亭三馬・自画
くじらざししながわばおり 72上
曲亭馬琴・北尾重政
くすのきまさしげぐんりょのちえのわ 134上
曲亭馬琴・北尾重政
くだまきたいへいき 177上
七珍万宝・北尾政美
ぐっとむかしのいくさ 367下
十返舎一九・自画
くはらくのもとじめ 234中
七珍万宝・歌川豊国
くまさかでんき 11下
—・鳥居清経
くめんぺきだるまだいつう 262上
森羅亭万宝・北尾政美
くものうえどうちゅうき 187上
十返舎一九・自画
くもひきゃくにだいのはごろも 75上
竹の塚の翁・北尾重政
くらべこしなりひらがた 193中
桜川慈悲成・歌川豊国
くるまがわはなしのたねほん 461中
十返舎一九・自画
くるわばなしみそかのつき 30上
—・—
ぐんぽういさわすずり 431中
—・富川吟雪
ぐんりゃくみゆきたけだびし 389上
樹下石上・—

〔け〕

げいしゃごにんむすめ 166上
伊庭可笑・鳥居清長
げいしゃそが 487上
―・勝川春常
げかいたわけはなおちてんぐ 460上
雀声・群馬亭
けがはえたろうつき 164中
伊庭可笑・鳥居清長
げこじょうごどのえがめつき 359中
―・北尾政美
げすのちえ 176下
市場通笑・北尾政美
けぶりくらべそばやのまき 34上
芝全交・北尾政美
げんきんあおほんのかよい 47上
芝甘交・北尾政美
げんきんさるがもち 446中
市場通笑・北尾重政
けんぐいりごみせんとうしんわ 78中
山東京伝・歌川豊国
げんけさいこうだん 277下
面徳斎夫成・―
げんけちょうきゅう 436下
―・―
けんぶつざえもん 190下
陀々羅大尽色主・歌川豊国
げんぺいぬのびきのたき 362中
―・勝川春英

〔こ〕

こいざくらあやつりしばい 349下
―・鳥居清経
こいにょうぼうそめわけちゃばん 317上
桜川慈悲成・歌川豊国
こいのあだうちきつねのすけだち 199中
十返舎一九・歌川豊国
こいのうたおまんがべに 214上
柳川桂子・鳥居清経
こいのやみたこのなるかみ 351下
―・―
こいのゆみはりづき 413上
―・鳥居清経
こいむすめむかしはちじょう 155下
―・鳥居清経
こうこううすむすこのかねもち 401下
樹下石上・歌川豊国
こうしじまときにあいそめ 280中
山東京伝・北尾政演
こうしじまときにあいそめ 474中
山東京伝・北尾政演
こうしんむすめかがみ 434中
―・富川吟雪
こうのもののお 40中
芝全交・北尾政演
こうはくいさおしくらべ 358下
―・―
こうまんさいあんぎゃにっき 6上
恋川春町・自画
こうみょうせんのやさき 208中
―・鳥居清満
こがねのはるとくわかいんきょ 329下
樹下石上・歌川豊国
こがねのやまふくぞうじっき 12中
林生・鳥居清経

こがらしのもりきつねのかたきうち　196中
十返舎一九・歌川豊国
（後編）こきょうみやげあずまのにしきえ　404中
楓亭猶錦・歌川豊広
こくうたろうおととのあだうち　336中
南杣笑楚満人・歌川豊広
こくうたろうむしゃしゅぎょうばなし　336上
南杣笑楚満人・歌川豊広
こくせんやかっせん　365下
—・—
こくせんやはんじょう　290中
伊庭可笑・北尾重政
ごくつうじんのゆらい　288中
伊庭可笑・鳥居清長
ここにありみになるかねごと　62下
曲亭馬琴・北尾重政
こころのむちはしるむまご　427下
市場通笑・北尾重政
こじつけさじかげん　164下
伊庭可笑・鳥居清長
こじつけむだものがたり　173上
夢中夢助・勝花
ごしょうちねことしゃくし　427中
市場通笑・北尾重政
ごせいだいせつようがくもん　271中
鉦扈荘英・寿亭豊丸
ごぜんあさくさのり　297上
十返舎一九・自画
ごぞんじこうらいやでん　315上
桜川慈悲成・歌川豊国
ごぞんじのしょうばいもの　38上
山東京伝・北尾政演
ごぞんじのばけもの　181上
桜川慈悲成・歌川豊国
ごぞんじのようちそば　238上
七珍万宝・歌川豊国
ごだいさんうしのときもうで　420上
市場通笑・鳥居清長
ごたいそうしめてこれほど　258上
七珍万宝・北尾政美
ごたいふぐどくけしぐすり　401中
蘭奢亭香保留・歌川豊国
ごたいへいきしらいしばなし　393下
四季山人・歌川豊国
ごたいわごうものがたり　71上
山東京伝・歌川豊国
ごだんつづきじょうるりざかや　77下
傀儡子・歌川豊国
こつずいしばいずき　425上
市場通笑・勝川春英
ごどうめいしょひとりあんない　83中
山東京伝・北尾重政
ことばたたかいあたらしいのね　14上
恋川春町・自画
ことぶききんたろうづき　268上
十返舎一九・自画
ことぶきごむそうのみょうやく　224上
古阿三蝶・自画
ことぶきときわせんべい　91上
芝全交・歌川豊国
ことぶきねずみのよめいり　363下
栄松斎長喜・子興

こどもしゅうのちゅうしんぐら　369上
十返舎一九・自画
ことわざかぼちゃのつる　267下
十返舎一九・自画
ことわざげすのはなし　132下
山東京伝・北尾重政
ことわざげすのはなし　150中
山東京伝・北尾重政
ごにちすがわらかがみ　213上
柳川桂子・鳥居清経
ごにんぎりすいかのたちうり　146上
山東京伝・栄松斎長喜
ごにんぞろいめでたむすめ　337下
南杣笑楚満人・歌川豊広
ごにんばやしひなものがたり　84下
曲亭馬琴・北尾重政
このごろうわさ　412下
一・鳥居清長
このしたかげはざまかっせん　303上
十返舎一九・自画
（前編）このしたかげはざまかっせん　303中
十返舎一九・自画
ごひいきたのみます　236下
桜川慈悲成・歌川豊国
こびとじまこごめざくら　124上
山東京伝・北尾重政
ごひょうばんたかおのもんがく　56上
七珍万宝・北尾政美
こまいくさたいへいばなし　244上
森羅亭万宝・歌川豊国
ごむそうこいのほうちょう　480上
瓢露・勝川春常
ごめいわくこころのおにたけ　278上
感和亭鬼武・歌川豊広
ごよのおんたから　418上
一・鳥居清長
これおとひめ　355下
嫌好・自画
これはきままのさくのたね　253上
石山・北尾政演
ごろうじろおやこうきょう　461上
式亭三馬・歌川豊国
ごろべえしょうばい　444上
南陀伽紫蘭・北尾政演
ころりさんしょみそ　163下
伊庭可笑・鳥居清長
こわたりにっきちょう　232上
南杣笑楚満人・北尾政美
こわめずらしいみせものがたり　141上
山東京伝・北尾重政
こをうむかねしちやのいわい　401上
蘭奢亭香保留・歌川豊国
こんげんすもうたいぜん　179下
一・蘭徳
こんたんておりじま　476中
真芋介・北尾重政
こんどはおにむすこ　325中
南杣笑楚満人・歌川豊国
こんなえにしがからにもあろか　302下
十返舎一九・自画
こんにちげんきんのゆぎしょう　254中
山東けいこう・北尾政演
こんやはひゃくものがたり　230下

古阿三蝶・自画

〔さ〕

さあござれえほうみち 106上
節藁仲貫・北尾政美
さいがけみどりのはやし 198中
十返舎一九・歌川豊広
さいくはりゅうぎしあげのおしえ 196上
薄川八重成・栄松斎長喜
さいわいたまえごうおくじん 329中
南杣笑楚満人・歌川豊国
さかえますてりふりちょう 455中
十返舎一九・自画
さかえますめがねのとく 387下
恋川ゆき町・北尾政美
さかっているたからのやまぶき 396上
樹下石上・歌川豊国
さくしゃたいないとつきのず 85中
山東京伝・北尾重政
さくらがわはなしのちょうとじ 192下
桜川慈悲成・歌川豊国
さそくさんえもん 354上
伊庭可笑・北尾政美
さつきげじゅんむしぼしそが 59上
山東京伝・北尾重政
さてもそののちしらがきんとき 27中
柳川桂子・鳥居清経
さてもばけたりきつねつうじん 161上
伊庭可笑・鳥居清長
さてもばけたりきつねのよばなし 286中
―・―
さとかよいおおひらのさかえ 412中
―・鳥居清長
さとすずめだいつうせんせい 284中
金中斎・鳥居清経
さとそだちはなしすずめ 472下
桃栗山人柿発斎・歌川豊国
さとのばかむらむだじづくし 102中
恋川春町・自画
さとりのくねんぼう 4上
―・鳥居清満
さよのなかやまよなきのいしぶみ 84中
曲亭馬琴・歌川豊広
さよのなかやまわがみのかね 347中
―・鳥居清経
さらいこうくもにいるとり 364上
十返舎一九・自画
さらやしきむさしあぶみ 212中
―・―
さるがばんばのかしわもち（前編） 277上
十返舎一九・栄松斎長喜
さるにかにとおいむかしばなし 102下
恋川春町・自画
さるのしりきんぴらごぼう 182中
桜川慈悲成・歌川豊国
さるほどにさてもそののち 110上
唐来参和・北尾政美
さるりこううきよばなし 412上

—・鳥居清長
さんがのついろどんや 165上
於蓮・春童
さんがのつうかねもちかたぎ 172上
二本坊霍志芸・北尾政美
さんごくいちだいつうほんち 225上
飛田琴太・古阿三蝶
さんさいずえおさなこうしゃく 67上
山東京伝・北尾重政
さんさいずえおさなこうしゃく 91下
山東京伝・北尾重政
さんじゅっこくよふねのはじまり 456中
十返舎一九・自画
さんしょうだゆうものがたり 322中
桜川慈悲成・歌川豊国
さんすけまったりうんしだい 299中
十返舎一九・自画
さんぜそうろうのまんぱちざん 325上
南杣笑楚満人・歌川豊国
さんたろうてんじょうめぐり 101下
朋誠堂喜三二・北尾重政
ざんとうきだんつくえのちり 147下
山東京伝・喜多川歌麿
さんにんかたわまことのかたきうち 3下
—・鳥居清経
さんびきざる 155中
—・富川吟雪
さんぷくついむらさきそが 12上
恋川春町・自画
さんやかよいふすいのとこ 439下
—・鳥居清長
さんやくたいへいき 295中
笑給・蘭徳

〔し〕

しあわせなこうこう 292下
春卯・—
しおやきぶんたみやこものがたり 186上
桜川慈悲成・勝川春朗
しかくしめんびょうえ 411中
—・富川吟雪
じくんかげえのたとえ 69中
山東京伝・鳥居清長
しこうおなじきょうげんたつのや 227上
本弥守・—
しこくざるごにちのきょくば 213中
四国子作・鳥居清長
じしゃくとんちさいびょうえ 179上
虚空山人・北尾政美
しじゅうからりょうけんねんだいき 81中
曲亭馬琴・栄松斎長喜
しじゅうしちもじ 157中
—・鳥居清経
じだいせわあしかがぞめ 70下
傀儡子・北尾重政
じだいせわにちょうつづみ 113下
山東京伝・喜多川行麿
したきりすずめさんのきり 420下

市場通笑・鳥居清長
しちながれもっけのさいわい 304上
十返舎一九・自画
しちにんげいうきよまさかど 15下
―・鳥居清経
しちにんじょうご 319上
桜川慈悲成・歌川豊国
しちふくじんだいつうでん 221下
伊庭可笑・北尾政演
しちふくじんだてのふなあそび 45下
万象亭・北尾政演
しちふくじんのおやかた 285中
秋花・鳥居清経
じつごきょうおさなこうしゃく 122下
山東京伝・勝川春朗
してんのうだいつうじたて 444下
是和斎・勝川春朗
してんのうゆうりきでん 29上
―・鳥居清経
しなんどころ 250中
岸田杜芳・北尾政演
しのだづまじだいのもよう 260上
森羅亭万宝・歌川豊国
しのぶずりにしきのだてぞめ 375上
曼亭鬼武・歌川豊国
しばぜんこうちえのほど 112上
芝全交・北尾政演
しばぜんこうゆめのむだがき 326下
式亭三馬・歌川豊国
しまおうごんはだぎはちじょう 473上
桃栗山人柿発斎・北尾政美
しまだいめのしょうがつ 112中
北住社楽斎万里・北尾政演
じゃばらもんはらのなかちょう 249中
白雪紅・群馬亭
しゃれもようとんだはごろも 33上
―・北尾政演
じゅうしけいせいはらのうち 60中
芝全交・北尾重政
じゅうしけいせいはらのうち 91中
芝全交・北尾重政
じゅうにかぐらおさなかるわざ 476下
発田芋介・北尾重政
じゅうにしねずみももたろう 286下
文溪堂鼎我・三二郎
じゅうにしばけものたいじ 209上
柳川桂子・鳥居清経
しゅえんかなばけもののまじわり 49下
石山人・北尾政演
しゅこうきく 263上
千差万別・北尾政美
しゅっせごいよものたきすい 370上
十返舎一九・自画
しゅっせのかどまつ 361下
―・勝川春英
しゅっせのかみくず 4下
―鳥居清経
しゅっせやっこ 153上
―・富川吟雪

しゅっせよねまんじゅう　481下
　一・勝川春好
じゆっぺんしゃげさくのたねほん　269上
　十返舎一九・自画
しゆてんほうえきのうらない　13下
　一・鳥居清経
しゅんせつものがたり　339下
　南杣笑楚満人・歌川豊広
しょういちいにしきのかむり　469中
　一瓢斎勝圃・蘭徳斎
しょうがつこじだん　66下
　山東京伝・北尾重政
じょうげのばんづけ　7上
　一・鳥居清経
しょうせつかっぱのまじない　448下
　市場通笑・北尾重政
じょうだんしっこなし（後編）　465上
　十返舎一九・自画
しょうふだつきむすこかたぎ　111下
　唐来参和・北尾政美
しょじこめのめし　416下
　市場通笑・鳥居清長
しょじこんなもの　292中
　市場通笑・一
しょじせわなしそが　449下
　市場通笑・北尾政美
しょとうざんてならいちょう　266中
　十返舎一九・自画
しょぼしょぼあめみこしのまつかさ　63下
　曲亭馬琴・北尾重政
じょろうかいのぬかみそしる　442中
　市場通笑・一
しらひげみょうじんおわたしもうす　60下
　芝全交・北尾政美
しりたぐりごようじん　319中
　芝全交・歌川豊国
しりまくりごようじん　270中
　十返舎一九・自画
しわみうせぐすり　264下
　本膳亭坪平・勝川春朗
しわみのひも　427上
　市場通笑・北尾政美
しんおとしばなしはつがつお　25中
　一・富川吟雪
しんがくいもたこじる　458中
　十返舎一九・自画
しんがくとけいぐさ　129上
　十返舎一九・自画
しんがくはやぞめぐさ　475中
　山東京伝・北尾政美
しんがくみそかそうじ　62中
　曲亭馬琴・北尾重政
しんきょくごだいりき　463中
　松亭竹馬・栄松斎長喜
しんさくとくせいはなし　258下
　ホコ長・勝川春泉
じんざもみのゆらい　16上
　一・恋川春町
しんしだのこたろう　153中
　一・富川吟雪
しんじつせいもんざくら　386上
　山東京伝・北尾政演
しんせんげらくつうほう　222下
　南杣笑楚満人・北尾政美

しんでんろこうゆ　58上
気象天業・歌川豊国
しんとうめいづくし　276中
曼亭鬼武・勝川春亭
しんぱんかわりましたじゅうろくむさしぼう　84上
曲亭馬琴・北尾重政
しんぱんかわりましたどうちゅうすけろく　59中
山東京伝・鳥居清長
しんぶきこばんのみみぶくろ　130上
十返舎一九・自画
しんまいたいこもち　116上
清遊軒・北尾政美
しんよしわらせいけんのえず　468上
二世朋誠堂喜三二・桜川文橋
しんりきおんなまさかど　211上
—・富川吟雪

〔す〕

すがわらでんじゅてならいかがみ　347上
—・鳥居清経
すきうつしふでのまわりぎ　482下
壁前亭九年坊・鳥高斎栄昌
すきかえしやなぎのくろかみ　97上
朋誠堂喜三二・北尾重政
すけろくりしょうばなし　353上
—・北尾政美
すみだがわやなぎのきれふで　64下
曲亭馬琴・北尾重政
すみともいさみのいりふね　470下
—・蘭徳斎

〔せ〕

せいかいはたつのみやこ　324中
十返舎一九・自画
せたいひょうばんき　142下
曲亭馬琴・歌川豊国
ぜにかがみたからのうつしえ　74下
曲亭馬琴・北尾重政
ぜんあくじゃしょうだいかんじょう　129中
東来三和・北尾重政
ぜんあくしょうふだつき　428上
市場通笑・北尾重政
ぜんあくすもうのしょうぶづけ　196下
十返舎一九・歌川豊国
ぜんくねんおうしゅうぐんき　169中
岸田杜芳・勝川春山
ぜんこうほうしつねづねぐさ　61中
芝全交・北尾重政
せんしゅうらくねずみのよめいり　440中
—・鳥居清長
ぜんせいだいつうき　224下
岸田杜芳・北尾政演
せんりはしるとらのこがほしい　422中
市場通笑・鳥居清長
せんりひとはねいさみのてっぺん　324上
十返舎一九・自画

〔そ〕

ぞうえきさんしょうだゆう　372下
十返舎一九（校）・—

ぞうさなしいきなりそが　330上
南杣笑楚満人・歌川豊国
そうしのあけぼの　169上
豊里舟・鳥居清長
そうしゅうおだわらそうだん　62上
築地善交・北尾重政
ぞうほおおえやまものがたり　272下
十返舎一九・自画
ぞうほさるかにかっせん　135下
傀儡子・北尾重政
ぞうほたかだちにっき　270上
華家黒面・歌川国丸
そがものがたりうそのじつろく　136下
唐来参和・北尾重政
そぎつぎぎんきせる　384下
山東京伝・北尾政演
そくせきおんりょうじ　482上
壁前亭九年坊・鳥高斎栄昌
そくせきみみがくもん　119中
市場通笑・北尾政美
そそうせんばんぶたのかるわざ　424下
市場通笑・勝川春英
そのあとまくばばあどうじょうじ　398中
式亭三馬・歌川豊国
そのかずかずさけのくせ　415下
市場通笑・鳥居清長
そのかずかずさけのみなと　488中
芳川友幸・自画
そののちひょんなもの　98中
王子風車・北尾政演
そのへんぽうばけものばなし　6下
恋川春町・自画
そのむかしりゅうじんのはなし　19下
恋川春町・自画
そめなおしとびいろそが　17上
朋誠堂喜三二・恋川春町
そらねのほんちょうし　162上
窪田春満・三二郎
それからいらいき　104中
竹杖為軽・喜多川歌麿
それからどうじょうじ　402上
福亭三笑・子興
それみたかありがたやま　226下
飛田琴太・古阿三蝶

〔た〕

だいいちおとくようものがたり　321上
桜川慈悲成・歌川豊国
たいげいほうねんのみつぎ　271下
十返舎一九・自画
だいこくばしらこがねのいしずえ　66中
曲亭馬琴・北尾重政
（後編）だいしがわらなでしこはなし　149下
曲亭馬琴・酔放逸人
だいせんせかいかきねのそと　103下
唐来参和・北尾重政
だいせんせかいへんじんぐら　257中
三橋喜三二・勝川春泉
だいつうこじつけそが　90中
当世・旭光
だいつうじんあなさがし　415上
市場通笑・鳥居清長

だいつうそのおもかげ　217上
常磐松・鳥居清長
だいふくちょうじゃぐら　392上
樹下石上・北尾政美
たいへいき　26上
—・—
たいへいき　48上
鶴一斎雀千声・勝川春道
たいへいきちゅうしんこうしゃく　81上
傀儡子・歌川豊国
たいへいきちゅうしんこうしゃく　92中
傀儡子・歌川豊国
たいへいきぶれいこうじゅう　395上
十返舎一九・自画
たいへいきまんぱちこうしゃく　104下
朋誠堂喜三二・北尾重政
たいへいごんげんちんざのはじまり　466上
伐木丁々・蘭徳斎
たいぼくのはえぎわ　105下
宿屋飯盛・北尾政美
たかさごやおのえのかね　451上
市場通笑・北尾重政
たかひくばなし　136上
山東京伝・北尾重政
たからのくらびらき　339中
樹下石上・歌川豊広
たけださんだいき　389中
樹下石上・—
たけもとぎだゆうぶし　189上
十返舎一九・自画
たたきうちへんじゅつのまき　324下
十返舎一九・自画
たたきまぜやろうのかまぼこ　259上
三橋喜三二・歌川豊国
ただごころおにうちまめ　57上
山東京伝・鬼武田
ただたのめだいひのちえのわ　326上
式亭三馬・歌川豊国
たつたやまおんなしらなみ（前編）　200下
南杣笑楚満人・歌川豊広
たつのみやこくがいのたまてばこ　133上
曲亭馬琴・北尾重政
たつのみやこしこくうわさ　95中
朋誠堂喜三二・—
たつのみやこせんたくばなし　180下
—・勝川春朗
たつのみやこなまぐさはちのき　60上
山東京伝・北尾重政
だてかみこおいすてまつ　434上
—・鳥居清経
たとえのふしぎりとふんどし　73中
曲亭馬琴・北尾重政
たぬきのこんぴら　245中
蔕野横好・自画
たねまきさんぜそう　79下
曲亭馬琴・北尾重政
たのみありばけもののまじわり　296下
十返舎一九・自画
たばこのほめことば　420中
市場通笑・北尾政演

たびのはじかきすてのいっつう 275上
十返舎一九・自画
たぶのみねつまぐろのふえ 23上
―・富川吟雪
たまごのかくもじ 54中
芝全交・北尾重政
たまのはる 354下
伊庭可笑・北尾政美
たまみがくあおとがぜに 119下
山東京伝・喜多川歌麿
ためともがしまめぐり 180上
千差万別・―
ためともとんだしまめぐり 229下
―・勝川春旭
たらふくちょうじゅでん 336下
樹下石上・歌川豊広
たらふくまんりょうぶんげん 394下
樹下石上・歌川豊国
たりきのやきつぎ（前編） 312上
竹塚東子・北周
たるざけききじょうず 116中
―・千代女
たわらとうたふりだしくすり 53上
芝全交・北尾政美
たんぽぽのほそみち 471下
む光散人・―

〔ち〕

ちかごろしまめくり 417上
市場通笑・鳥居清長
ちくさいろうたからのやまぶきいろ 61下
築地善交・北尾重政
ちごもんじゅおさなきょうくん 141中
時太郎可候・自画
（前編）ちじんごだいき 309上
十返舎一九・勝川春亭
ちはやぶるかみくずかご 395下
十返舎一九・自画
ちゃかぶきちゃのめからかさ 47下
芝全交・北尾政演
ちゃじかげんやくわりばんづけ 239中
七珍万宝・歌川豊国
ちゃづけがはらごぜんかっせん 310下
萩庵荻声・歌川豊広
ちゃなでほんちゃばんきょうげん 319下
森羅亭万宝・歌川豊国
ちゃらのけつうじん 40上
芝全交・鳥居清長
ちゅうこうあそびしごと 118中
市場通笑・喜多川歌麿
ちゅうしんぐらじゅうにだんめ 448中
市場通笑・勝川春英
ちゅうしんぐらぜんせのまくなし 127中
山東京伝・北尾重政
ちゅうしんこうしゃくござのまき 79中
傀儡子・歌川豊国
ちゅうしんほしづきよ 367上
十返舎一九・自画
ちゅうしんやぐちのわたし 348上
―・鳥居清満
ちょうじゃのままくわう 108中
恋川すき町・喜多川歌麿

ちょうせいとらのまき　421中
市場通笑・鳥居清長
ちょうちどりひいきのだてもん　358上
—・華洲
ちょうちんくらやみのななやく　80上
椒茅田楽・歌川豊国
ちょんのまほう　136中
初代春町遺稿・北尾重政
ちんせつおんなてんぐ　416中
市場通笑・鳥居清長
ちんせつかみなりこんれい　289上
伊庭可笑・鳥居清長
ちんのよめいり　443下
市場通笑・鳥居清長

〔つ〕

ついぞないおとうとのじんろく　417中
市場通笑・鳥居清長
つうげんじんだいのまき　39上
恋川春町・自画
つうげんむしゃぞろえ　110下
芝全交・北尾重政
つうじんさんこくし　162下
—・勝川春旭
つうじんたからづくし　291中
伊庭可笑・北尾政美
つうじんたからぶね　445下
児童軒雪岨・北尾政美
つうせかいにだいうらしま　225下
飛田琴太・古阿三蝶
つうぞくさんどんし　308中
萩庵荻声・栄松斎長喜
つうとはこのこと　96上
—・北尾政演
つうなものなり　232中
稲坊・—
つうのはるさいたんびらき　222上
岸田杜芳・北尾政演
つうのひとこえおんなしばらく　35上
芝全交・北尾重政
つうふういせものがたり　167中
伊庭可笑・鳥居清長
つうりゃくさんごくし　216中
四国子・鳥居清長
つかいはたしてにぶきょうげん　315中
大栄山人・歌川豊国
つきじのぜんこうき　78上
山東京伝・歌川豊国
つまのあだせんびきうし　405中
南杣笑楚満人・歌川豊広
つりえびすみずあげちょう　365上
十返舎一九・自画
つるはせんりょうかめはまんりょう　360上
—・北尾政美
つわものまじわり　450上
市場通笑・—

〔て〕

てあそびはりこのとらのまき　259中
桜川慈悲成・歌川豊国
でほうだいりゃくえんぎ　299上
十返舎一九・自画
てまえづけあこうのしおから　264中
本膳亭坪平・勝川春朗
てまりうたさんにんちょうべえ　488下

金中斎・勝川春常
でみせのよしわら　442下
南陀伽紫蘭・北尾政美
てんがちゃやほまれのあだうち　301中
十返舎一九・自画
てんぐのつぶてはなのえどっこ　472中
桃栗山人柿発斎・歌川豊国
てんけいわくもん　41中
山東京伝・北尾政演
てんごうすいようりゅう　122上
山東京伝・北尾重政
てんじくもうけのすじ　426中
市場通笑・勝川春英
てんどううきよのでづかい　391上
式亭三馬・歌川豊国
てんとうだいふくちょう　109上
朋誠堂喜三二・北尾政美
てんなるかなぎしんへいぜい　197上
恒酔夫・―
てんひつあほうらく　235上
親慈悲成・歌川豊国

〔と〕

どうけひゃくにんいっしゅ　318中
恋川好町・歌川豊国
とうしかごおごりはんかん　426上
市場通笑・北尾政美
どうしょうすごろく　46上
芝甘交・鳥居清長
とうせいことわざもんどう　19上
邨杏李・勝川春道
とうせいしこくざる　213下
―・鳥居清長
とうせいだいつうぶつかいちょう　34中
芝全交・北尾重政
とうでさんもん　232下
桜川杜芳・北尾政美
とうぶんしょうみかさのつき　433上
―・鳥居清経
とうりちょうおえどのはなすじ　249上
唐来山人・北尾政演
とうりますあたかのせき　219中
―・鳥居清長
ときわのくにふどき　266上
十返舎一九・自画
とくぢでん　383下
泉昌有・自画
とくわかみずえんぎのかねしょう　393上
樹上山人・歌川豊国
としよりのひやみずそが　318上
芝全交・歌川豊国
とっともはやえらいさかえ　418下
市場通笑・鳥居清長
とみつきのはじまり　5上
―・鳥居清経
とりえたりたからのとくよう　269中
十返舎一九・自画
とりけだものふでのにしき　438上
―・―
とんだこうまんばなし　168下
豊里舟・鳥居清長
とんだしぐれづき　216上
―・鳥居清長
とんだすきさ　166下
伊庭可笑・鳥居清長
とんだまちがいやぐちのう

わさ　160上
伊庭可笑・鳥居清長

〔な〕

なおしてよむけんだいはぎ　55下
芝全交・式上亭柳郊
ながいきみたいき　101上
朋誠堂喜三二・恋川春町
なかにしぼむはなのおぐるま　27下
—・—
なかのちょうひるゆめみぐさ　222中
岸田杜芳・北尾政美
なついしょうおとこのたてじま　275下
十返舎一九・自画
なつゆかただんしちしぼり　181中
桜川慈悲成・歌川豊国
なとりきくこうはくちょうじゃ　30中
—・北尾政演
ななえがおとうせいすがた　218中
—・北尾政演
ななさとふうき　362下
—・勝川春朗
なにひびくかねのりゅうず　353中
—・北尾政美
なにわばかりむめのふんりん　77中
曲亭馬琴・子興
なもたかきえどのむらさき　289下
伊庭可笑・—
なんだらほうしかきのたね　10上
朋誠堂喜三次・恋川春町

〔に〕

におゐんせんこう　43上
山東京伝・北尾政演
にじゅうしこうやすうりうけあい　402中
蘭奢亭香保留・子興
にじゅうどんすさんとくへい　331上
桜川慈悲成・歌川豊国
にだいおおなかぐろ　261下
南杣笑楚満人・勝川春英
にたやまぶしきつねのしかえし　135中
耕書堂唐丸・北尾重政
にっぽんだえもん　223中
桜川杜芳・北尾政演
にどおぼこほりだしもの　426下
市場通笑・北尾政美
にどのかけ　103中
四方山人・喜多川歌麿
にどめのりゅうぐう　416上
市場通笑・鳥居清長
にふくついえいがのはるぶくろ　331下
樹下石上・歌川豊国
にめんのいきおい　381上
—・鳥居清経
にわかのたんじょう　167上
豊里舟・鳥居清長
にわそうじちんぶつちゃわ　66上
曲亭馬琴・北尾重政
にんげんいっしょうむなざんよう　120中
山東京伝・菊亭主人
にんげんいっしんのぞきからくり　392中
式亭三馬・歌川豊国
にんげんばんじさいおうが

うま　74中
曲亭馬琴・北尾重政
にんげんばんじさいぎょうがねこ　387上
樹下石上・北尾政美
にんげんばんじにいちてんさくのご　459上
道笑・群馬亭
にんげんばんじふきやのまと　83上
山東京伝・北尾重政
にんめんちょうひざともだんごう　425中
市場通笑・北尾政美

〔ぬ〕

ぬえよりまさめいかのしば　360中
南杣笑楚満人・勝川春朗
ぬれごとあめのみめぐり　469上
時鳥館主人・桜川文橋

〔ね〕

ねこのつまちゅうぎのつれびき　86下
曲亭馬琴・歌川豊国
ねこのよめいり　421上
市場通笑・鳥居清長
ねこまたこうやく　435中
—・—
ねずみこんれいじんこうき　318下
曲亭馬琴・歌川豊国
ねなしぐさそがのあえもの　363上
笑丸・栄松斎長喜
ねなしぐさふでのわかばえ　127下
山東京伝・北尾重政
ねんしおんれいちょう　105上
四方赤良・千代女
ねんじゅうぎょうじょうき　132上
十返舎一九・自画
ねんじゅうこじつけろく　242上
桜川杜芳・北尾政美

〔の〕

のぞいてみるたとえのふしあな　262下
本膳亭坪平・勝川春朗

〔は〕

ばかちょうめいしきものがたり　240中
桜川慈悲成・歌川豊国
ばかにつけるくすり　333下
十返舎一九・自画
ばかのいさおし　261中
森羅亭万宝・歌川豊国
ばかむらすいけんでん　172下
二本坊霍志芸・北尾政美
はかりえたりせじんのじょう　459中
市場通笑・北尾重政
ばかんもんもうずえ　44中
芝全交・北尾重政
ばけものおおえやま　6中
恋川春町・自画
ばけものがくやいちょう　383中
山東鶏告・北尾政美
ばけものかたきうち　376上
十返舎一九・自画
ばけものこづかいちょう　132中
十返舎一九・自画
ばけものしちだんめ　294下
幾治茂内・鳥居清長
ばけものだいのへいこう　325下
南杣笑楚満人・歌川豊国

ばけものたいへいき　463下
十返舎一九・自画
ばけものちゃくとうちょう　50上
―・北尾政美
ばけものちゅうしんぐら　460中
見越入道・十返舎一九
ばけものつうじんのねごと　221上
―・北尾政美
ばけものつれづれぐさ　57中
山東京伝・北尾重政
ばけものつれづれぞうだん　393中
白蓮庵黄亀・鳥文斎栄之
ばけものなかまわれ　291上
伊庭可笑・北尾重政
ばけものなるかみ　484中
―・富川吟雪
ばけものにせものがたり　105中
志水燕十・―
ばけものはこいりむすめ　164上
伊庭可笑・鳥居清長
ばけものはこねのさき　414中
―・鳥居清長
ばけものふじもうで　191中
永寿堂・十返舎一九
ばけものみせびらき　369下
十返舎一九・自画
ばけものやまとほんぞう　455下
山東京伝・可候
はこいりむすめめんやにんぎょう　120下
山東京伝・歌川豊国
（後編）はざまかっせん　303下
十返舎一九・自画
ばしょうのはな　9中
―・鳥居清経
はすのいとぼたんのあやつり　483中
壁前亭九年坊・知道
はすのわかば（前編）　199上
十返舎一九・歌川豊広
はちかづきものかたり　183下
桜川慈悲成・歌川豊国
はちだいめももたろう　227中
古阿三蝶・自画
はつあらしきりのひとは（上編）　193上
十返舎一九・自画
はつこいしょうちくばい　208上
―・鳥居清経
はつだからおにしまだい　195中
十返舎一九・北尾重政
はつはるふくじゅそう　484下
―・富川吟雪
はつひかげしちふくそくしょう　364中
十返舎一九・自画
はっぴゃくまんりょうこがねのかみはな　55上
山東京伝・北尾政美
はつゆめふじのたかね　215中
呉増左・鳥居清経
はつわらいふくとくはなし　7下
―・鳥居清経
はでぎらいむすこすきずき　253中
山東けいこう・北尾政美
はてめずらしきふたつのうつわ　483上
壁前亭九年坊・鳥高斎栄昌
はとにさんしれいじゃのさかもり　271上
十返舎一九・自画
はとはちまんまめととっくり　109下
恋川好町・北尾政美

はないくさうめのさきがけ　456上
十返舎一九・自画
はなしかめ　409中
—・富川吟雪
はなしぞめくるわのいろあげ　489上
山東京伝・自画
はなしたりはなしたりみずとうお　350中
—・鳥居清経
はなしのたねぼん　194中
桜川慈悲成・歌川豊広
はなしをえどへながさきからこわめし　90下
森羅亭万倍・歌川豊国
はなのえがおそうしなんし　323上
森羅亭・北尾政美
はなのえみしちふくもうで　125上
山東京伝・北尾重政
はなのおえどよりともこうおんいり　473中
山東京伝・北尾政演
はなのしたながいきのくすり　137中
曲亭馬琴・北尾重政
はなのしたながものがたり　58中
芝全交・北尾重政
はなのはるしゅつせじゅうにし　486下
無駄書好部・勝川春道
はなのみねこうまんおとこ　9下
朋誠堂喜三次・恋川春町
はなはみよしのいぬはぶち　258中
山東京伝・北尾政演
はなみがえりあああやしいかな　8中
深川錦鱗・恋川春町
はなみばなししらみせいすいき　458下
曲亭馬琴・歌川豊国
はなめずらしきやっこぢゃや　220中
辛井山椒・勝川春常
はなもみじふたりあんこう　310上
内新好・喜多川月麿
はなよそおいついのきょうだい　28下
柳川桂子・鳥居清経
はなよりだんごくいけものがたり　476上
曲亭馬琴・—
はやがわりへいきのかげきよ　311上
魚堂主人新好・歌川豊広
はやのかんぺいわかげのあやまり　394上
十返舎一九・自画
はやみちせつようのまもり　117上
山東京伝・北尾政演
はやりうたとりこみしょうぶ　466中
美足斎象睡・勝川春朗
はやりやすひわちゃそが　33中
芝全交・北尾重政
はやりやすひわちゃそが　90上
芝全交・北尾重政
はやわざしちにんまえ　142中
山東京伝・自画
はらつづみへそのしたかた　328中
式亭三馬・歌川豊国
はらのうちようじょうしゅろん　189中
十返舎一九・自画
はらのみやこしょくもつかっせん　15中

—・恋川春町
はるあそびきげんばなし　4中
恋川春町・自画
はるあそびけだものそが　358中
—・—
はるがすみおとこのたてひき　273上
十返舎一九・自画
はるはそがかぶきすがた　208下
柳川桂子・鳥居清経
はるはそがかぶきすがた　245上
柳川桂子・鳥居清経
はるむねありあけのびわ　410上
—・富川吟雪
ばんざいのしまだい　171下
黄山自惚笑・北尾政美
ばんぜいうたうしょじんのはしらだて　265中
森羅亭万宝・二世恋川春町
ばんだいやぐちのわたし　207下
—・鳥居清経
ばんどうしちえいし　274中
十返舎一九・自画

〔ひ〕

ひがんざくらはなよりだんぎ　72下
曲亭馬琴・北尾重政
ひきかえしたとえのまくあき　399下
式亭三馬・北尾重政
ひこさんごんげんちかいのすけだち　134中
傀儡子・北尾重政
ひこざんごんげんちかいのすけだち　134下
傀儡子・北尾重政
びじんたいじ　254下
内新好・勝川春英
びぜんすりばちいちだいき　140下
曲亭馬琴・北尾重政
ひっかえしたぬきのしのだづま　51下
芝全交・北尾政美
ひときょうげんきつねのかきいれ　327中
南杣笑楚満人・歌川豊国
ひとごころかがみのうつしえ　131上
山東京伝・北尾重政
ひとごころりょうめんずり　460下
十返舎一九・自画
ひとしらずおもいそめい　42上
黒鳶式部・喜多川歌麿
ひとつぼしだいふくちょうじゃ　424中
市場通笑・北尾政美
ひとのよくみとうしうらない　463上
十返舎一九・自画
ひとはただいっしんいのち　124中
唐来参和・倣勝春英意、根津優婆塞
ひとはただたるのそこぬけ　398上
十返舎一九・自画
ひとはぶしちゅうぎのいさおし　273下
十返舎一九・勝川春亭
ひとまねこまね　488上
金中斎・勝川春常
ひとまねどうじょうじ　172中
鳴瀧山人・北尾政美
ひながたいきまなつら　100下
恋川春町・自画

ひながばなしおとぎこじょう　243下
森羅亭万宝・勝川春英
ひびきはすうせんりとらのおとうげ　378上
感和亭鬼武・勝川春亭
ひもんやりしょうのよつだけぶし　257上
山東京伝・北尾政演
ひゃくにんいっしゅおどけこうしゃく　320下
芝全交・歌川豊国
ひゃくふくじゅろうじん　263中
樹下石上・北尾政美
ひゃっかちょうみたてほんぞう　69下
山東京伝・北尾重政
ひゃっこいくみたてせいすいき　54上
山東京伝・北尾政演
ひやみずへいげんねこ　36上
芝全交・鳥居清長
ひらがなせいつうき　231上
岸田杜芳・古阿三蝶
ひらかなせんじんもんどう　140上
山東京伝・歌川豊国
びんとじょうまえこころのあいかぎ　403下
式亭三馬・歌川豊広
ひんぷくいちだいのはやがわり　374中
板元舎邑二（校）・喜久麿
ひんぷくとんぼがえり　369中
十返舎一九・自画
ひんぷくりょうどうちゅうのき　125中
山東京伝・勝川春朗

〔ふ〕

ふあんばいそくせきりょうり　42中
山東京伝・北尾政演
ふいごまつりもとでのはらつづみ　3中
―・鳥居清満
ふうらいじんてんぐのおとしだね　38中
芝全交・北尾政美
ふうりゅうしりくらいかんおん　154中
―・富川吟雪
ふうりゅうせがわばなし　409下
柳川桂子・鳥居清経
ふうりゅうともよぐるま　485中
東西南北・鳥居清経
ふくきたるわらいのかどまつ　237中
市場通笑・勝川春朗
ふくじゅかいむりょうのしなだま　128上
曲亭馬琴・勝川春朗
ふくじんえのしまだい　299下
十返舎一九・自画
ふくじんこがねのだいちょう　302中
鈍々亭和樽・子興
ふくちゅうそうじごぞうのゆめ　230中
古阿三蝶・自画
ふくとくおおねがっせん　432上
―・―
ふくとくかほうひょうえがでん　59下
山東京伝・北尾重政
ふくとくさんねんしゅ　274上

十返舎一九・自画
ふくとくじゅごしきめがね　186中
桜川慈悲成・歌川豊国
ふくとくにいるもんのみつびき　388中
樹下石上・豊麿
ふくねずみしんよめいりひながた　154上
―・富川吟雪
ふくのたねわらうかどまつ　119上
山東京伝・喜多川歌麿
ふくらすずめこがねのできあき　337上
樹下石上・歌川豊広
ふくろのみなとたからののりあい　482中
壁前亭九年坊・鳥高斎栄昌
ふくわらいそうりょうのじんろく　212上
柳川桂子・鳥居清経
ふじのいろいたじめそが　326中
南杣笑楚満人・歌川豊国
ふじのひとあなけんぶつ　254上
山東京伝・喜多川行麿
ふたくちしめてかんりゃくえんぎ　466下
三橋喜三二・蘭徳斎
ふたつもじおにのつのもじ　187中
桜川慈悲成・歌川豊国
ふたむかしいぜんのしゃれ　176中
市場通笑・北尾政美
ふたりこうこう　447下
市場通笑・北尾重政
ぶちょうほうそくせきりょうり　145上
時太郎可候・自画
ふつかがわり　239上
桜川慈悲成・歌川豊国
ふっきじざいこがねのとしだま　333中
樹下石上・歌川豊国
ふでつむしこえのとりどり　70中
山東京伝・北尾重政
ふとくおごりたまえ　295上
貫斎・蘭徳斎
ふとじるしてんじょうみたか　451中
半片・勝川春英
ぶゆうあずまにしきえ　269下
華家黒面・―
ふりそでえどむらさき　352上
―・勝川春常
ふりそでこのてがしわ　431上
―・富川吟雪
ふるどうぐあなそうじ　175下
虚空山人・龍向斎
ぶんかいどうきょうちゅうすごろく　144下
山東京伝・北尾重政
ぶんぶくちゃがま　368下
十返舎一九・自画
ぶんぶにどうまんごくとうし　113上
朋誠堂喜三二・喜多川行麿

〔へ〕

へいじたいへいき　178下
市場通笑・―
へそわかすさゆものがたり　144上
曲亭馬琴・喜多川秀麿
へたのくせながものがたり　291下
井久治茂内・―
へちまのかわうたぶくろ　182上
桜川慈悲成・歌川豊国
べにざらかけざらむかしば

なし　156上
—・富川吟雪
べんけいおんまえにふたり　322下
桜川慈悲成・歌川豊国
へんなようぶんしょう　18上
深川錦鱗・恋川春町

〔ほ〕

ほうじょうごだいき　359下
—・—
ほうねんぜにづかのゆらい　210下
柳川桂子・鳥居清経
ほおずきちょうちんおしえのちかみち　483下
壁前亭九年坊・歌川豊国
ほしつきよぼうずのみちゆき　229中
吉田魯芳・北尾政美
ぼたもちはたなにあり　423下
市場通笑・北尾政美
ほっこくじゅんれいのうたほうべん　133中
曲亭馬琴・北尾重政
ほりぬきいどふきだしわらい　301下
橘香保留・—
ほんじょうにじゅうしこう　423中
市場通笑・北尾政美
ほんのいいみせもの　53下
芝全交・式上亭柳郊
ほんのよいみせもの　441中
市場通笑・鳥居清長

〔ま〕

まさかどかぶりのはつゆき　470中
—・蘭徳斎
まずひらくうめのあかぼん　126下
山東京伝・北尾重政
（前編）ますみのかがみ　471上
信夫蹠彦・—
（後編）ますみのかがみ　471中
信夫蹠彦・—
まぜこぜふつうだでんき　294上
井久治茂内・勝川春旭
まぜこぜむかしばなし　35中
芝全交・鳥居清長
まぜみせはちにんいちざ　385上
けいこふ・北尾政美
またからでたほんきのむすこ　34下
芝全交・—
またくりかえすえんじものがたり　250上
唐来山人・北尾政演
まちがいきつねのじょろうかい　422下
市場通笑・鳥居清長
まちがいくるわあそび　12下
恋川春町・自画
まちがいつきよになべ　418中
市場通笑・鳥居清長
まちにまったりかいちょうばなし　82下
曲亭馬琴・歌川豊国
まつたけうりのおやかた　478上
—・葉湖龍斎
まつのかぶきさんがいきだん　146中
曲亭馬琴・北尾重政
まつらがおおいのあだなみ　315下
芝深交・歌川豊国
まにあいうそつきそが　43下
蓬来山人帰橋・鳥居清長
まにあわせぞくぶつたとえ

もんどう　74上
一片舎南竜・子興
まねてほんしょうじんぐら　467下
美足斎象睡・一
まのふりをして　283上
一・鳥居清長
まめおとこえいがのはる　157下
一・鳥居清経
まりうたきじのおやま　284上
文溪堂鼎峨・鳥居清経
まんざいしゅうちょびらいれき　104上
恋川春町・自画
まんぞうていけさくのはじまり　226上
竹杖為軽・北尾政美
まんぷくちょうじゃのたま　210上
米山鼎峨・鳥居清経
まんぷくちょうじゃのでん　390下
樹下石上・一
まんぷくねずみのよめいり　209中
一・一

〔み〕

みがくじょうはりこころのかがみ　397上
式亭三馬・北尾重政
みかわしまごふどうき　52中
山東京伝・北尾重政
みくらいあらそい　383上
桜川杜芳・北尾政美
みけんじゃくさんにんなまえい　61上
山東京伝・北尾重政
みさおぐさきくのまがき（下編）　192中
十返舎一九・自画
みずぐるまちえのたかむら　5中
一・鳥居清経
みすじだちきゃくのきうえだ　111中
山東京伝・北尾政演
みたておせわばなし　32中
北尾政演・自画
みたてばけものおそろかんしん　354中
一・北尾政美
みたてほうらい　96中
一・一
みちとせになるちょううわばみ　252中
山東京伝・鳥文斎栄之
みちのくのめくらあだうち　376中
曼亭鬼武・歌川豊国
（初編）みつくみさかずき　340上
南杣笑楚満人・歌川豊広
（中編）みつくみさかずき　340中
南杣笑楚満人・歌川豊広
（三編）みつくみさかずき　340下
南杣笑楚満人・歌川豊広
みつたからりしょうのわかたけ　477上
米山鼎峨・鳥居清経
みつちゃたいへいき　234下
一・北尾政美
みとうしのうらない　421下
市場通笑・鳥居清長
みになるかねえいがのはちうえ　397下
樹下石上・歌川豊国
みみがくもん　194下
十返舎一九・喜多川歌麿
みやこいんろう（前編）　341上
南杣笑楚満人・歌川豊広

みやこいんろう（後編）　341中
南杣笑楚満人・歌川豊広
みやこけんぶつざえもん　158中
松壹舎・北川豊章
みやはしらしちふくつい　359上
—・—
みやまぐさばけものしんわ　374上
夢中庵作三・勝川春英
みょうがのものがたり　24上
—・—
みょうきなこごめどうみょうじ　147上
曲亭馬琴・栄松斎長喜
みょうけんぐうりやくのすけだち　377上
十返舎一九・歌川豊国
みょうだいふりそで　388下
内新好・—
みょうちりきはんかのはちのき　467中
伝楽山人・蘭徳斎
みょうちりきむらがるはと　437上
—・鳥居清長
みるがくすりかすみのひきふだ　73下
曲亭馬琴・北尾重政
みるがとくいっすいのゆめ　97下
朋誠堂喜三二・北尾重政

〔む〕

むかしおうぎきんぴらぼね　31中
柳川桂子・鳥居清経
むかしおとこいきなりひら　458上
窪田春満・鳥居清長
むかしがたりきつねのよめいり　131中
誂々道景則・北尾重政
むかしがたりふでのあやつり　124下
山東京伝・北尾政美
むかしばなしかれきのはな　334上
市場通笑・歌川豊国
むかしばなしちょうしのはま　390上
森羅亭万宝・歌川豊国
むかしばなしとんだももたろう　290上
伊庭可笑・鳥居清長
むかしむかしあいおいのまつ　231中
古阿三蝶・自画
むかしむかしおえんというおどりこ　356上
市場通笑・蘭徳斎
むかしむかしおかざきじょろうしゅう　444中
市場通笑・鳥居清長
むかしむかしさるのあだうち　27上
柳川桂子・鳥居清経
むかしむかしはなさかせじじ　203上
—・—
むかしりょうりたぬきのすいもの　184中
桜川慈悲成・歌川豊国
むがにいたれりひとはなごころ　316中
山東京伝・北尾政美
むげんのかねうめがえでんぶ　399中
山東京伝・自画
むしづくしもんどころ　445上
市場通笑・北尾政美

むしめがねのべのわかくさ　364下
十返舎一九・自画
むしゃあわせてんぐはいかい　133下
傀儡子・北尾重政
むしゃくしゃばなし　39中
芝全交・北尾政演
（前編）むしゃしゅぎょうもくさいでん　88中
曲亭馬琴・歌川豊広
（後編）むしゃしゅぎょうもくさいでん　88下
曲亭馬琴・自画
むすこかぶもうせんかぶり　38下
風物・鳥居清長
むすめかたきうちおうぎのぎんめん　332上
南杣笑楚満人・歌川豊国
むすめかたきうちこきょうのにしき　32上
山東京伝・北尾政演
むそうのだいこくぎん　287上
伊庭可笑・三二郎
むだかるた　252上
山東京伝・北尾政演
むたまがわながれのさかえ　20中
朋誠堂喜三二・―
むちゃしゅぎょうおしのつわもの　236上
岸田杜芳・歌川豊国
むちゃづくしおしのつわもの　72中
曲亭馬琴・北尾重政
むちゅうのかいばら　11上
―・鳥居清経
むちゅうのごりやく　13上
呉増左・鳥居清経
むちゅうのほしばなし　478中
―・勝川春章
むなさんようそのたなおろし　83下
時太郎可候・自画
むひつせつようにたじづくし　68中
曲亭馬琴・北尾重政

〔め〕

めあきせんにんめくらせんじゅつ　191下
十返舎一九・自画
めいぎょくりじんだん　214中
柳川桂子・鳥居清経
めいたいひがしやまどの　414下
―・鳥居清長
めいはまさむねかたなのちんせつ（前編）　201上
十返舎一九・歌川豊国
めいはまさむねかたなのちんせつ（後編）　201中
十返舎一九・歌川豊国
めいぼくにだいかがみ　317中
井上勝町・自画
めぐりあうおやこのぜにごま　126中
唐来参和・北尾政美
めぐろのひよくづか　160中
―・勝川春朗
めしきらいおんなはどうだか　37中
古風・北尾政美
めずらしいこんだてそが　10中
朋誠堂喜三次・恋川春町
めでたいはる　487下
―・谷久和

めんこうふはいのかま　385下
けいこふ・北尾政美

〔も〕

もうしごのいろおとこ　335上
南杣笑楚満人・歌川豊広
もちあそびたいへいき　435下
一・鳥居清経
もちはもちや　442上
市場通笑・鳥居清長
もってこいもちはもちや　238中
桜川慈悲成・歌川豊国
もときにまさるうわきばなし　118下
蔦唐丸・喜多川歌麿
ものはづけ　410中
一・鳥居清長
ものみまつおんやすみどころ　455上
十返舎一九・自画
もみじのひながた　355中
鶴一斎雀千声・北尾政美
ももくいさんにんこだからばなし　363中
市場通笑・栄松斎長喜
ももたろういちだいき　352下
一・北尾政美
ももたろうかんこのとり　156下
一・富川吟雪
ももたろうごにちばなし　8上
朋誠堂喜三次・恋川春町
ももたろうたからばなし　351中
一・北尾三二郎
ももたろうてがらばなし　484上
一・鳥居清経
ももたろうほったんばなし　123上
山東京伝・勝川春朗
ももたろうむかしにっき　357上
一・北尾政美
ももとさけすずめどうじょうじ　433下
一・鳥居清経
ももんがこんかいだん　114下
唐来参和・鳥文斎栄之
もんもうせんせいちんがくもん　197下
桜川慈悲成・歌川豊国

〔や〕

やえやまふきいろのみやこ　106中
四方赤良・北尾政美
やきめしのゆらい　448上
市場通笑・勝川春英
やくはらいにしのうなばら　192上
十返舎一九・自画
やさげんじよろいひながた　28中
柳川桂子・鳥居清経
やさことばまとりじっき　382上
一・鳥居清重
やさしがうら（前編）　378中
十返舎一九・自画
やさしがうら（後編）　378下
十返舎一九・自画
やさもようそがひながた　441下
一・北尾政演
やっこだこのはじまり　480中
不量軒・自画
やつはししらべのながれ　226中
南杣笑楚満人・北尾政演
やなぎこり　296中
春道草樹・歌川豊国
やなぎしろべえ（後編）　202中
南杣笑楚満人・歌川豊国
やなぎのめおとたけ　11中

—・鳥居清経
やぶうぐいすうたのかたこと 80中
曲亭馬琴・子興
やぼだいじんなんかくあそび 486上
文溪・鳥居清長
やまともじようろうのたき 433中
—・富川吟雪
やまのかみのさいれい 371下
十返舎一九・自画
やまほととぎすけころのみずあげ 53中
山東京伝・北尾政美
やみらみつちゃかわり 41下
芝全交・北尾重政
やわたぐろちょちょらせんにん 17中
—・—

〔ゆ〕

ゆうかくこじつけたいへいき 443中
南陀伽紫蘭・北尾政演
ゆうきのさかゆめ 361中
—・勝川春英
ゆうしょくかまくらやま 470上
—・蘭徳斎
ゆうじんさんぷくつい 217下
—・—
ゆうちょうげんじものぐさばなし 242中
—・北尾重政
ゆうちょうろうながいきばなし 118上
紀定丸・喜多川歌麿
ゆかりぐさありまのふじ 437中
—・鳥居清経
ゆきおんなさとのはっさく 114上
山東唐州・喜多川歌麿
ゆだんてきやくこうのうがき 394中
十返舎一九・自画
ゆみはりづきくもいのかがみ 265上
南杣笑楚満人・—
ゆめばなしそがものがたり 347下
—・—
ゆやすずめひとくちじょうるり 69上
成平榻見・北尾重政
ゆりわかだいじんとうのねむり 328上
南杣笑楚満人・歌川豊国

〔よ〕

よいこんたんき 170中
新杜・勝川春潮
よいむすこうちがさかえ 423上
市場通笑・北尾重政
よくききます 223上
岸田杜芳・北尾政美
よしさだちじんゆう 209下
—・鳥居清満
よしつねやまいり 293中
井久治茂内・勝川春朗
よしのだいりおんなしのづか 431下
—・—
よしののゆらい 100中
南陀伽紫蘭・北尾政演
よしわらだいつうえ 293上
恋川春町・自画
よつぎのはちのき 288上
伊庭可笑・鳥居清長

よにんつめなんぺんあやつり　126上
山東京伝・北尾重政
よにんづめりちぎのいっぺん　174上
榎雨露住・北尾政美
よねまんじゅうのはじまり　32下
北尾政演・自画
よのことわざとりこみしょうぶ　259下
桜川慈悲成・歌川豊国
よのすけばなし　98上
婦人亀遊・鳥居清長
よのたとえくちからこうやのひながた　138上
曲亭馬琴・子興
よのなかこんなもの　95上
王子風車・北尾政演
よのなかしゃれけんのえず　120上
山東京伝・菊亭主人
よのなかしょじてんもん　252下
物蒙堂礼・北尾政演
よのなかほうねんぐら　387中
樹下石上・北尾政美
よはさまざまみそかのつき　428中
市場通笑・鳥居清長
よびつぎかねのなるき　468下
時鳥館主人・桜川文橋
よぶこどり　161下
松泉堂・北川豊章
よみとうたつうのいちじ　40下
在原艶美・北尾政美
よめいりきりながもち　184下
桜川慈悲成・歌川豊国
よめとうめかさのうち　395中
十返舎一九・自画
よりともしちきおち　28上
柳川桂子・鳥居清経
よりまささわべのあやめ　25下
―・富川吟雪
よりまさめいかのしば　264上
南杣笑楚満人・―
よるがひるほしのせかい　294中
忍岡常丸・嫌好
よろこんぶひいきのえぞおし　114中
恋川春町・北尾政美
よわいのながじゃくももいろじゅす　255上
甲亀・鳥文斎栄之
よわのあらし　464中
感和亭鬼武・葛飾北斎門人北周
よんどころなくごにんみちゆき　428下
市場通笑・北尾政美

〔り〕

りゅうぐうのまき　439中
窪田春満・北尾三二郎
りょうごくしのだぞめ　45上
山東鶏告・北尾政演
りょうざんいっぽだん　122中
山東京伝・北尾重政
りょうせつよめいりきだん　457上
十返舎一九・自画
りょうとうふでぜんあくにっき　138下
山東京伝・北尾重政
りょうのいちだん　179中
森羅亭万宝・北尾政美
りょうりちゃわそくせきばなし　71下
曲亭馬琴・北尾重政

〔ろ〕
ろくさつがけとくようぞうし　143上
曲亭馬琴・北尾重政
ろくつうはんりゃくのまき　243中
森羅亭万宝・勝川春英
ろせいがゆめそのぜんじつ　121上
山東京伝・北尾重政
ろっかせんきょじつのてんさく　467上
—・勝川春朗
ろびらきはなしのくちきり　116下
浮世伊之介・喜多川歌麿

〔わ〕
わがいえらくのかまくらやま　250下
群馬亭・自画
わかみどりいろいろそが　207上
柳川桂子・鳥居清経
わからんものがたり　462上
感和亭鬼武・葛飾北斎
わたおんじゃくきこうのひきふだ　335下
式亭三馬・歌川豊広
わぼくのこうのもの　80下
市場通笑・歌川豊国
わらいぐさはなのうてな　292上
—・勝川春旭
わらいじょうご　355上
—・—
わらいますやくはらいのこうしゃく　241上
七珍万宝・勝川春英
わらんべはしかのあと　411下
—・鳥居清長
われたのむひとのまこと　99上
恋川春町・自画